官商鬥法

之20

鋌而走險

第一輯完

姜遠方 著

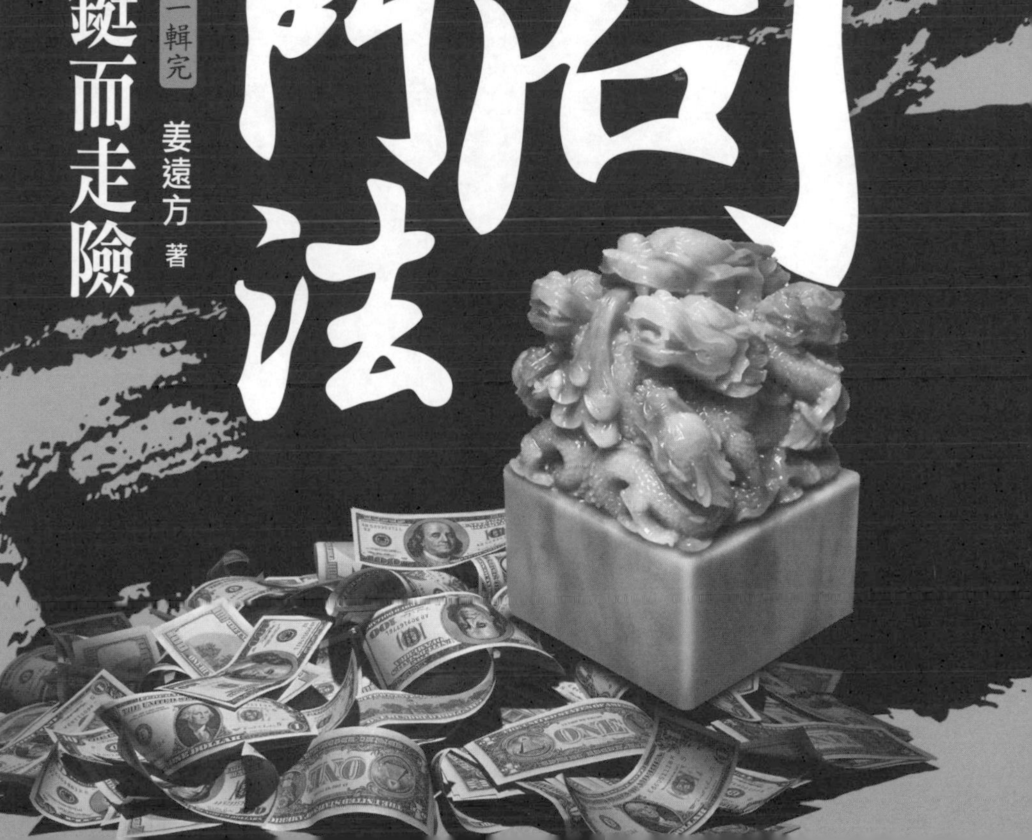

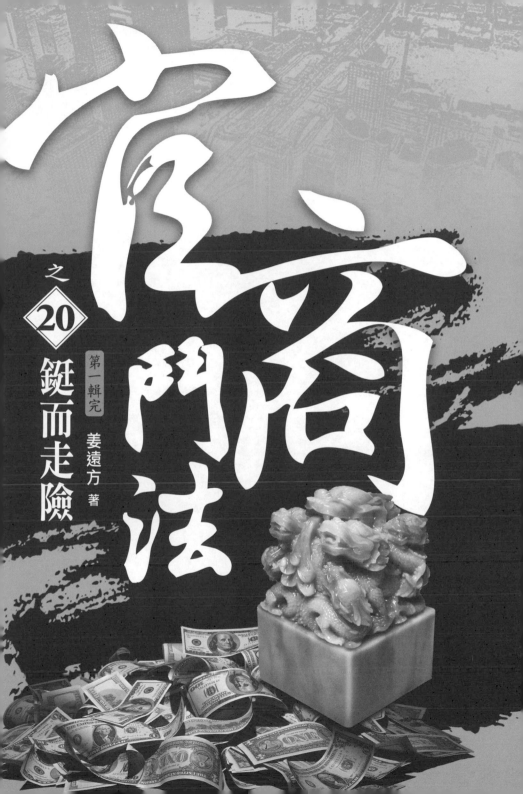

目錄 CONTENTS

第一章

鋌而走險

如果說穆廣貪污受賄，孫守義還不怎麼意外，
現在趙老竟然說穆廣牽涉到殺人案，這可讓孫守義大大的震驚了。
他印象中的穆廣雖然有些流氣，卻是個知道分寸的人，
這樣子的人怎麼會鋌而走險，牽涉到殺人命案呢？

下午，海川駐京辦來了幾個陌生人找到傅華。

為首的男人對傅華說：「你好，傅主任，我們是東海省紀委的。」

傅華呆了一下，心說不是有什麼麻煩找上門來了吧？

那個男人笑了笑說：「傅主任，你別緊張，我們是有事情需要你幫忙，不是要對你有什麼行動的。」

傅華鬆了口氣說：「那就好，你知道我們這些下面的幹部只要一聽到紀委這兩個字，心裏總是毛毛的。你們需要我幫什麼忙啊？」

男人笑笑說：「你先等一下，我讓曲秘書長跟你說。」

男人撥通了曲煒的電話，然後把電話遞給傅華。

曲煒在電話那邊笑了笑說：「傅華啊，你不是老奇怪省裏為什麼會派穆廣去黨校學習嗎？我現在可以告訴你了，那是因為省委考慮到調查穆廣違紀行為的需要，特別把他暫時調離海川的。」

傅華恍然大悟說：「原來是這樣啊。」

曲煒接著說道：「別的事情我以後再跟你解釋，現在省紀委的同志已經到了北京，你要配合他們的工作，他們讓你幹什麼，你就幹什麼，知道嗎？」

傅華說：「我明白。」

「那就這樣。」曲煒掛了電話。

傅華看看省紀委那個男人，說：「這位同志，請問需要我做什麼？」

男人說：「我們需要你帶我們去中央黨校，把穆廣悄悄地幫我們叫出來。」

傅華笑了，說：「我知道，你們是要我幫你們誘捕穆廣，走吧，我帶你們去。」

傅華就帶著省紀委的同志去了黨校。

他找到穆廣所在的班級，卻意外得知穆廣在中午吃飯的時候，打了個電話就離開了黨校，下午再也沒出現在課堂上。

省紀委的同志指示傅華撥打穆廣的電話，穆廣卻已經關機，怎麼也打不通電話了。

省紀委的同志面色變了，那個為首的男人說：「穆廣一定是發現我們要對他採取行動，先行一步逃走了。為了防止走漏消息，我們已經夠小心的了，沒想到還是被他搶先了一步。傅華同志，你這幾天有沒有接觸穆廣？發現到他有什麼異常嗎？」

傅華想了想說：「昨天我還跟他在一起呢，當時穆廣志得意滿，興致很好，根本就沒什麼異常啊。」

男人說：「那肯定是今天上午有人通知了他，所以他才會匆忙地離開中央黨校的。」

就在穆廣被錢總帶著踏上亡命之旅的時候，農業部的孫處長卻正沉浸在情人林珊珊的溫柔鄉裡，忘我的陶醉呢。

身下的這位美女炙熱的身子正緊緊的貼著他，嬌喘吁吁的配合著他的動作。她臉上的愜意顯示出她正十分享受此刻，這越發刺激了孫守義，作為男人，向來是以征服女人為驕傲的，而床上的征服則更能顯出男人的魅力，林珊珊這副享受的表情，讓他更有了男人的自信，動作越發激烈起來……

一陣狂風驟雨之後，林珊珊把頭緊緊靠在孫處長的胸脯上，嬌笑著說：「守義啊，你真是太棒了，每一次你都給我像上了天堂的感覺。」

守義是孫處長的名字，他輕撫著林珊珊嬌嫩的臉龐，說：「我也有這樣子的感覺，每一次跟你在一起，我都覺得自己要被你融化了。」

林珊珊說：「好哇，你就化在我身體裏吧。」

孫守義曖昧的說：「我不是已經化在你身體了嗎？」

「去你的吧，」林珊珊輕搥了一下孫守義的胸膛，說：「你就會取笑我，有種，你跟你老婆也這個樣子啊？」

孫守義笑說：「她哪有你這麼好啊？」

林珊珊說：「既然我這麼好，為什麼你不休了家裏的那位，娶我呢？」

「誒，你吃醋了？」孫守義捏了一下林珊珊的鼻子，說：「你也知道那是不可能的。」

林珊珊氣哼哼地看著孫守義說：「是啊，我知道你捨不得你的黃臉婆。」

孫守義說：「你懂什麼啊，我不是捨不得她，我是不能捨棄她。」

林珊珊好奇說：「你別這麼緊張，我見過你老婆，我就奇怪，為什麼你當初會選了那麼一個醜女人做老婆啊。」

孫守義笑笑說：「這你就不懂了吧？醜妻家中寶，多好啊。」

林珊珊扁了扁嘴，說：「切，那麼醜的女人，我估計男人對著她都沒有興致了，你這麼帥，當初怎麼會選擇她啊？我有時候真佩服你有一副好胃口，那麼醜的女人你也吃得下。」

孫守義笑笑說：「女人關了燈不都是一樣的嗎？」

「去你的！」林珊珊有點惱了，她摸著自己的身子，說：「你這麼說簡直是侮辱我，就我這副魔鬼身材，感覺起來能跟你老婆一樣嗎？如果都一樣，你還是回家去睡你的黃臉婆去吧。」

孫守義笑說：「怎麼，生氣了？」

林珊珊說：「當然生氣了，你怎麼可以拿我跟她比呢？她能給你像我給你的那種感覺嗎？你跟我說實話，你當初為什麼會娶她？」

孫守義笑了笑說：「你不明白的，有些東西是她能給我，而你不能給我的。」

林珊珊有些不悅了，說：「你跟我說清楚，什麼東西是她能給你，而我不能給你的？」

孫守義笑笑說：「好了，別鬧了好不好，我們好不容易能夠聚在一起，別光說這些無聊的話，我還想再好好疼你一次呢。」說著，就趴到了林珊珊的身上，想再跟林珊珊親熱一次。

林珊珊卻扭動著身子，不肯就範，嘴裏說：「不行，我非要你告訴我究竟為什麼！」

孫守義無奈，只好說：「我說了，你可不准惱啊？」

林珊珊答應：「我不惱，你說吧。」

孫守義說：「其實當初我也對我老婆沒興趣的，不過我老婆家庭背景很深，她看上我，我不敢拒絕。」

林珊珊笑了起來，說：「原來你是看好人家的權勢啊，你這種男人啊，真是的。」

孫守義說：「你別笑我，我就是看好她家的權勢又怎麼樣呢？是在我岳父的幫忙下，我才有機會成為趙老的秘書的，也才有機會得到今天的地位。如果當初我拒絕了，我可能現在還是一個小辦事員，你這樣一個如花似玉的美女可能連看都不屑看我，更別說跟我在一起了。你知道我為什麼會下這個決心嗎？是因為我一個同學跟我說，人首先要爭取的是權勢、地位，有了權勢、地位，想睡什麼樣的女人沒有啊？」

林珊珊沒想到孫守義會這麼直白，好像她是個隨便的女人，有些下不來台，不由得怒目圓睜，伸手就想給孫守義一個巴掌，孫守義卻早有防備，一把抓住了她的手腕，笑著說：「你說好了不惱的。」

林珊珊氣哼哼地說：「可是你這麼說，好像我也是為了權勢才跟你睡覺的，你不就是一個小處長嘛，有什麼了不起的，本姑娘如果為了權勢要睡男人，起碼也找個部長睡睡啊。」

孫守義心裏暗自好笑，心想：你以為部長是隨便的女人就可以睡得上啊，嘴裏卻哄道：「你跟那些女人當然不同了，你是我的心肝寶貝，我疼你還來不及呢。」

孫守義說道，就去親吻林珊珊的脖子和耳後的位置，林珊珊開始還有些抗拒，慢慢地被帶動起來，嬌軀又扭動起來，便抱緊了孫守義，一場大戰一觸即發。

這時，孫守義的手機卻不合時宜的響了起來，孫守義往放手機的方向看了一眼，罵了句：「誰這麼掃興啊？這時候打電話來？」

林珊珊笑了起來，說：「不會是你家的黃臉婆打電話讓你回去吧？」

孫守義說：「不會的，我告訴她今晚有公事要處理，不會回去了。不管它了，打不通它就會停下來了。」

孫守義說完，繼續去親吻林珊珊，手機卻不依不饒的響個不停，似乎非要撥到孫守義接為止。

林珊珊被弄得有些煩躁，沒好氣的推開了孫守義，說：「你還是快接吧，別真是你家那個黃臉婆。」

孫守義只好把手機從衣服堆裏找了出來，看了一眼號碼，臉色馬上就變了，回頭看著林珊珊做了一個噤聲的動作，說：「是趙老，你千萬別出聲。」

林珊珊點了點頭，孫守義接通電話，笑著說：「老爺子，你這麼晚找我幹嘛？」

趙老見孫守義這麼久才接電話，惱火地問說：「你在幹嘛啊？怎麼這麼久才接電話？」

孫守義趕緊陪笑著說：「我剛才在洗澡，沒聽到手機響。老爺子，你找我這麼急，究竟什麼事啊？」

趙老說：「你幹的好事你不知道嗎？還問我？」

孫守義心虛的看了一下床上還光著身子的林珊珊，趙老在這個時候打電話來，他以為趙老是知道了自己跟林珊珊偷情的事了。心裏暗自奇怪，他跟林珊珊幽會是很隱秘的，趙老怎麼會知道了呢？

不過趙老並沒有點出什麼事情來，孫守義仍心存僥倖，心想絕不能向趙老承認自己跟林珊珊之間偷情的事情，反正就算趙老知道點什麼，他也沒當場抓住自己，就說：「老爺子，我究竟做錯什麼了？讓你這麼生氣？」

趙老生氣地說：「你做錯了什麼你還不知道嗎？你帶給我認識的都是什麼人啊？那個叫穆廣的傢伙，你到底瞭不瞭解他啊？怎麼隨便什麼人都帶給我認識呢？」

穆廣出事了？

孫守義驚叫了一聲，心裏卻暗自鬆了口氣，雖然他仍然脫不了干係，可至少不是自己跟林珊珊的事被抓，麻煩就不是很大。穆廣的事，趙老頂多責罵他一頓而已。

孫守義趕緊問道：「趙老，穆廣出什麼事了啊？我上週末才見過他，當時一切都很正常，沒什麼特別啊。」

趙老哼了聲說：「還沒什麼特別，這傢伙牽涉到一宗命案，海川派人到北京來抓他，沒想到這傢伙竟然負罪潛逃了。」

不會吧？如果說穆廣貪污受賄，孫守義還不怎麼意外，畢竟他知道穆廣送趙老那個半瓢壺肯定價值不菲，以穆廣的收入來看，他根本負擔不起。

現在趙老竟然說穆廣牽涉到殺人案，這可讓孫守義大大的震驚了。他印象中的穆廣雖然有些流氣，卻是個知道分寸的人，這樣子的人怎麼會鋌而走險，牽涉到殺人命案呢？

趙老沒好氣的說：「什麼不會，我這是確切的消息。你在哪裡？在幹什麼呢？」

孫守義說：「我在賓館呢，也沒做什麼，正準備休息。」

趙老說：「那你趕緊給我滾過來，我有話要跟你說。」

孫守義知道穆廣真出了麻煩的話，趙老拿了他一個半瓢壺，就可能被牽連到，趙老找他可能就是為了這件事，就說：「我馬上就過去。」

放下電話，孫守義拍了拍林珊珊白皙的胴體，說：「寶貝，我有正事要趕緊去辦，走了。」

孫守義神情凝重，林珊珊也看出事態的嚴重性，就在孫守義腮邊親了一下，說：「去吧，正事要緊。」

孫守義匆忙趕到了趙老家裏，一進門就看到那個半瓢壺放在桌上。

趙老看到孫守義，冷冷地說：「小孫，你害我不淺啊。」

孫守義尷尬的說：「我也不知道穆廣會牽涉到什麼命案啊，老爺子您也見過他的，他那個樣子像是一個殺人犯嗎？」

趙老說：「殺人犯臉上又不會寫著殺人犯三個字。」

孫守義說：「可是老爺子，我認識的穆廣，在海川官聲是不錯的，我才敢帶他來見你。究竟是怎麼回事啊，他怎麼突然變成殺人犯了呢？」

趙老氣惱地說：「我們都被他騙了，我跟東海省組織部的同志瞭解過了，穆廣這個傢伙很善於偽裝，表面上看，是個很清廉能幹的人，背地裏卻是貪污受賄無所不為，生活極度腐化墮落。小孫啊，你事先也不搞清楚一點，就把他領到我的面前，讓我上當受騙，還去跟郭奎同志那兒幫他打招呼。現在想想，郭奎心裏不知道會怎麼想我啊？看來他送我這只半瓢壺就沒安好心。對了，這個壺你拿回去，如果將來有人問起這件事，你就說我欣賞了幾天之後就把壺退給你了，你一時忙碌就還沒來得及退給穆廣。」

孫守義知道穆廣如果被抓，很可能會把半瓢壺的事情給交代出來，那時候趙老就不好解釋為什麼要收這把壺了。

孫守義曉得，這時候不管怎麼樣，自己也是要把事情扛下來的，趙老是孫守義發跡的根本，如果趙老出了事，孫守義的根也就被掘了，只有保住趙老沒事，他才會沒事的。何況，自己如果不扛下這件事，趙老一定會對他產生意見，如果趙老對他心生芥蒂，那他的前途也就完了。

所以無論如何，孫守義必須把這件事情承擔下來，他沒得選擇。

既然沒選擇，就不用猶豫，孫守義爽快地說：「我明白，老爺子，我一會兒就給你打個條子，說這壺你前幾天就退給我了，讓我拿回去給穆廣，你看這樣子行嗎？」

趙老看了孫守義一眼，很滿意孫守義的做法，這樣子，他再從中調和一下，就可以確保大家都沒事了。

趙老說：「小孫啊，你敢於承擔，這一點很好，也沒辜負這麼多年我對你的栽培。」

孫守義笑笑說：「我跟了老爺子那麼多年，這個麻煩本來是我給你惹來的，我也應該把它解決掉。」

孫守義說著，就給趙老打了收條，然後遞給趙老，說：「老爺子你收好吧。」

趙老把收條收了起來，孫守義這才問道：「老爺子，你瞭解清楚了嗎？穆廣究竟是怎麼回事啊？」

趙老說：「穆廣的事是黨校一個同志跟我說的，他因為之前跟我工作過一段時間，我向他瞭解過穆廣在黨校的學習情況，今天東海方面去黨校抓穆廣沒抓到，這個人知道了之後，就趕緊打電話跟我彙報。根據東海方面的說法，說是穆廣包養了一個情婦，然後利用這個情婦開的公司作為受賄的仲介，大肆在海川接受一些地產商的賄賂。但是不知道為什麼，穆廣跟這個情婦產生了矛盾，穆廣就殺了她，還將這個情婦分屍。為了毀屍滅跡，將屍體拋到了大海中。」

孫守義聽了，不禁倒抽一口涼氣，說：「這傢伙這麼狠？那怎麼又會被發現了呢？」

趙老說：「這傢伙自以為人不知鬼不覺，十分高明，但是他忘了最致命的一點，他用箱子裝屍體的時候，沒有檢查箱子裏有沒有其他的東西，偏偏那個女人把身分證放在箱子的夾層裏，於是他的罪行就敗露了。」

孫守義說：「他怎麼會這麼愚蠢啊？」

趙老說：「我想他殺人的當時肯定是慌了神，又怎麼會把箱子檢查一遍呢？這也是冥冥之中自有天意吧。小孫啊，穆廣這件事你要引以為戒，貪污受賄包二奶這種事，你可千萬不能做啊。知道嗎？」

孫守義點點頭說：「我知道了，老爺子。你放心，我是你帶出來的兵，絕對不會像穆廣這麼胡作非為的。」

趙老滿意地說：「你知道就好。」

孫守義又說：「不過老爺子，這件事你不覺得奇怪嗎，就算是東海方面發現了那個女人的屍體，他們怎麼會一下子就聯想到穆廣身上？你不覺得他們來得太快了點嗎？」

趙老說：「這並不奇怪，郭奎他們早就對穆廣有所懷疑，暗地裏安排紀委在調查穆廣呢，這個女人一曝光，正好給了他們一個突破口，所以他們馬上就來北京抓他了。」

孫守義想了想說：「那郭奎早就知道這一點，你幫穆廣打招呼的時候，他還那麼應承你？怎麼也不提醒你一下啊？」

趙老的臉一下子沉了下來，他意識到騙他的人不止穆廣一個，郭奎在某種程度上也算是欺騙了他。

趙老嘆了口氣說：「看來我退下來之後，地方上的同志也不再拿我當回事情了。」

孫守義心中也為這件事情生氣，這個轉變實在太快，剛剛他還跟穆廣說東海省省委書記郭奎答應趙老，要提拔重用他呢，沒想轉過頭來，東海省紀委的人就已經到北京抓穆廣來了，

這讓他一時心理上很難接受，尤其是某種程度上，郭奎等於是在利用他和趙老麻痹穆廣，讓穆廣身在局中而不自知，直到被人找上門來為止。

這等於說郭奎和東海省那幫人根本就是在耍弄他和趙老呢。

組織部出來的人向來是見官大一級，孫守義又是跟趙老做過秘書，地方官員對他一向很尊敬，他何曾受過這種戲弄啊？孫守義心中惱火，就說：

「老爺子，我覺得這個郭奎實在是太可惡了，幸好穆廣沒有被抓住，如果他現在被抓了，把這把壺的事情給抖出來，那您可就很難堪了。」

趙老瞪了孫守義一眼，說：「你胡說什麼，這把半瓢壺我只不過是欣賞一下，又沒說要他的。穆廣抖出來我怕什麼，把壺交給他們就是了，難道他們還能拿我怎麼樣嗎？」

孫守義說：「他們肯定不敢對您怎麼樣，不過您的面子上總是不好看啊。我覺得這個郭奎可惡的地方，是在他明知道穆廣已經被調查了，還假裝沒事一樣應承您，這不是做好圈套等您往裏鑽嗎？我覺得他是故意這樣的。」

趙老喝斥說：「你瞎說什麼，郭奎同志怎麼會這個樣子做呢？都是你，人不瞭解清楚就往我這邊帶，差一點就害到了我。」

孫守義分析說：

「老爺子，事情也許不是您看到的那麼簡單，這個穆廣也許我沒瞭解清楚，這是我的錯，可是另一方面，我也覺得東海省那幫人在玩我們呢。您可能不知道，那個海川市的市長金達是郭奎的嫡系人馬，是郭奎一手拉拔起來的，當初郭奎答應您讓穆廣接替金達做這個市長，我心裏就有些犯嘀咕，他怎麼可能這麼輕易放棄他的嫡系子弟兵呢？現在我明白了，他們是早就算計好要整掉穆廣，所以才會那麼輕易地答應您。也許還是您打的招呼害了穆廣呢，他們本來還沒這麼快下手，您這麼一打招呼，他們怕拖久了跟您不好交代，所以才會這麼快來北京抓穆廣的。」

趙老火大了，說：「胡說八道，小孫，你別這麼信口開河好不好？」

孫守義叫屈說：「不是的，老爺子，你不瞭解東海省的情況，我說這些話並不是毫無根據的。您知道穆廣為什麼托我帶他來找您嗎？」

趙老沒好氣的說：「還能為什麼，不就是想讓我幫他跟郭奎打招呼、說好話嗎？」

孫守義搖頭說：「不是這麼簡單的，老爺子，他如果仕途發展的順利，又何必找您幫他打什麼招呼呢？實際上他在海川受到了金達和張琳嚴重的排擠，向我訴苦，我看不過去，才帶他來見您的。尤其是那個金達仗著郭奎的支持，在海川為所欲為，根本就不拿穆廣這個副市長當回事。」

趙老說：「你是說那個海川市的市長金達是郭奎的嫡系人馬？」

孫守義說：「我騙您幹什麼，您是組織部門出來的，您可以瞭解一下這個金達的仕途經歷，看看他是不是郭奎的弟子。我甚至懷疑，穆廣出事是不是被這個金達設計出來的。」

趙老不以為然地說：「你也太有想像力了吧？你當這是在演電視劇啊？」

孫守義說：「現實有時候比戲劇更有戲劇性，不然的話，穆廣怎麼好好的會蹦出來這麼多作奸犯科的事情呢？」

趙老不耐地說：「你別胡亂猜疑了，他如果沒這些事情，他跑什麼？出來把事情都說清楚不就行了嗎？好了，你不要再說了，這件事情就到此為止，往後你在外面交朋友，一定要對人多些瞭解，不要輕易就被人哄住了。」

孫守義看了看趙老，說：「那郭奎騙您的這段事，就這麼算了？」

趙老瞪了孫守義一眼，說：

「不這麼算了你想怎麼樣啊？他現在是省委書記、政治局委員，我一個退休的老人能拿他怎麼辦啊？撤了他，我也要有這種權力啊？找上門去罵他，我為了一個腐化墮落的同志跟他打招呼，已經是錯了；再去罵他，豈不是自找沒趣嗎？好了，這件事情我心裏有數了，你別再在我面前囉嗦了。很晚了，你拿著那把壺回去吧。」

孫守義心裏雖然不舒服，可是也不能再說什麼，就拿著壺離開了趙老的家。

出了趙老的家，孫守義心中也有些開始擔心，他跟穆廣多少有些往來，穆廣出了事，會不會牽連到他啊？這把壺也是個麻煩，還不知道能不能說清楚呢？

這把壺不能隨便處置，直接交給上面，有點不打自招的味道，還是將這把壺暫時找個地方放起來吧，一旦有人查問時，再把它交出來也不晚。

想起這些麻煩事，孫守義心裏就煩躁了起來，穆廣這傢伙還真是害人不淺啊，也不知道他現在跑到什麼地方去了。

此刻，穆廣和錢總早已離開北京的地界，錢總開著車，在高速公路上以一百二十多公里的時速跑了好幾個小時，北京已經被遠遠地拋在了他們身後。

穆廣從一開始的極度恐懼中多少鎮靜了一些，他不再回頭去看有沒有車子跟上來了。

錢總看了看穆廣，說：「我們開出來已經有段距離，估計暫時沒人會跟上我們了，你餓不餓，我們找地方吃飯吧？」

穆廣搖搖頭，說：「我這時候哪還有心情吃飯啊，你讓我一下子從天堂掉進了地獄當中，我心裏火燒火燎的，煩都煩死了，哪還吃得下飯啊？」

錢總說：「你不餓我可餓了，一連跑了十幾個小時，我餓壞了。」

穆廣說：「那就找地方吃飯吧。」

兩人就在下一個服務站找了個速食店。

錢總對穆廣說：「你多少吃一點吧，不管怎麼樣，飯總是要吃的。」

穆廣說：「我一點胃口都沒有啊。」

錢總勸說：「吃點吧，吃點飯你才會有力氣。往後的麻煩還很多，你要有體力才能應付得過去。」

穆廣就勉強和錢總一起叫了速食，吃了幾口之後，穆廣說：「老錢啊，會不會北京那邊並沒有發生什麼事情啊？你是不是有點草木皆兵了？」

錢總看了穆廣一眼，說：「你這時候還心存僥倖啊？我跟你說，就算今天東海省紀委的人沒到北京抓你，這件事你也很難逃得過去的。」

穆廣還抱著一絲希望說：「也許事情並不像你想的那麼嚴重呢？如果他們僅僅是懷疑而已，我這麼一跑，豈不是不打自招了？要不我打個電話找個朋友問一問，看北京那邊到底有沒有事情發生？」

錢總警告說：「那你最好是找信得過的朋友，我可不想你因為打電話回去而暴露了行蹤。」

穆廣想了想，目前北京方面能找的人只有孫守義了，自己這麼匆忙跑掉，孫守義那邊不知道會怎麼樣？話說趙老那兒，自己可是送過重禮的。趙老會不會幫自己度過這個難關啊？不管怎麼說，他也應該跟孫守義打聲招呼才對，順便打探一下情勢。

穆廣不敢用自己的手機，就在服務區找了個公用電話，撥了孫守義的電話。

電話響了半天，孫守義接通了，沒好氣的說：「誰啊？」

穆廣說：「老孫啊，是我，穆廣。」

穆廣？孫守義心裡驚叫了一聲，隨即低聲說道：「你還敢打電話來啊？」

穆廣心一下子沉了下去，從孫守義的語氣中，他知道最壞的情形已經發生了。

孫守義問：「你跑哪兒去了？省紀委來黨校抓你了，你知不知道啊？」

穆廣說：「我現在不在北京。對不起啊，老孫，發生了一些不好的事情。」

穆廣的話印證了趙老說的，孫守義不禁問道：「你真的殺了人了？」

穆廣老實承認了，說：「有些事情我也不想的，可是事情逼到那份上，我也沒有辦法。」

孫守義說：「哎呀，你怎麼這樣子啊，有什麼事情非逼到殺人不可啊？」

穆廣說：「老孫，你不明白當時的情形。不過你放心，我穆廣一人做事一人當，絕對不會連累朋友的。不管到什麼地步，你跟趙老的事，我是一個字都不會對外說的。」

孫守義埋怨說：「你還說呢，趙老才把我叫去罵了一通，說我什麼人都拿著當朋友，你放在他那兒的那把壺他也讓我帶了回來。那我怎麼把壺還給你啊？」

穆廣苦笑了一下，說：

「老孫啊，那把壺只有你和趙老見過，別人是不知道的。趙老既然不想留著，就先放在你那兒吧。咱們也不知道還有沒有再見面的一天，如果再也見不到了，就給你做個紀念吧。」

孫守義聽穆廣這麼說，不免有些悲涼，說：「老穆啊，事情真的沒辦法挽回了嗎？要不你去自首，我會找人設法救你的。」

穆廣說：「謝謝你了老孫，這時候你還能說出這種話來，我很感激。不過，我做過什麼我心裏清楚，我已經無法回頭，只有死路一條了。老孫啊，如果你還念我們這場朋友之情，有機會關照一下我家裏的人。」

孫守義嘆了口氣，說：「哎，怎麼會這個樣子呢！」

穆廣感慨說：「命運弄人啊。好了，老孫，我不方便跟你多說什麼，我要趕緊離開，你保重吧。」

孫守義說：「好吧，你也保重。」

穆廣就掛了電話，錢總看穆廣的面色，知道事情不妙，就說：「北京那邊怎麼樣了？」

穆廣沉重地說：「你猜對了，海川省紀委的人去黨校抓我了，幸好我們早走一步。」

錢總說：「那我們趕緊離開吧，你跟北京通過電話，說不定那邊很快就知道了你的電話號碼，讓人家追過來，你就完蛋了。」

穆廣雖然相信孫守義不會舉報自己，可是他心中也沒底，兩人就匆忙的離開了服務區，繼續開車往前逃。

第二章

前車之鑑

趙老又說：

「地方上的事情比較複雜，各方面的誘惑也多，我希望你能把持得住自己，不要做出會後悔的事情來。穆廣就是一個很好的前車之鑑，我派你下去，是希望你能有所進步，可不想製造第二個穆廣出來，知道嗎？」

又開了幾個小時，兩人又累又睏，就在路邊停下車小睡了一會兒。

睡醒之後，錢總問穆廣：「老穆啊，我們不能總是這樣子跑下去，我也不能老是這麼跟著你跑，畢竟我在海川還有企業要管呢。說吧，你下一步打算怎麼辦？」

穆廣苦笑說：「到這個時候了，我能怎麼辦啊？」

錢總說：「你先別慌，想一想，有什麼人你可以去投靠的？」

穆廣說：「我認識的人都在君和縣和海川市，難道我能回到那兩個地方嗎？豈不是自投羅網？」

錢總說：「那可不一定，正所謂最危險的地方就是最安全的地方，這時候人們大多認為你會逃得很遠，如果你反其道而行，也許反而是條生路。」

穆廣想了想說：「君和縣倒還真有一個人或許能幫我，當初我幫過他很大一個忙。」

錢總說：「是什麼人啊？」

穆廣說：「是我以前一個手下，犯過一次很嚴重的錯誤，當時他貪污了一筆錢，是我幫他遮掩了過去，現在他已經退休了，他的家在一個很偏遠的農村，我想躲在他家應該沒什麼問題吧。」

錢總說：「信得過嗎？」

穆廣點點頭說：「信得過，那個人叫劉建，是個孝子，他貪污是為了替他父親治病，錢後來是我幫他墊上的，還給了他一筆錢讓他父親治病，如果這種情況他再不幫我，也沒有人能幫我了。」

錢總說：「那就去找他試試吧，君和縣你也熟悉，離海川又不遠，我也方便照顧你。你先去躲躲，然後我們再想別的辦法。」

穆廣感激地看了看錢總，說：「老錢，這次真是謝謝你了，你等於是救了我一命。」

錢總苦著臉說：「這時候說這些幹什麼，我總不能眼看著你出事吧？」

穆廣說：「不管怎麼說，我是很感謝你的。」

兩人有了目標，就調轉車頭往東海方向開去。路上，他們也不敢住賓館，睏了就在車上睡一會兒，就這樣奔波了將近兩天，才趕回了君和縣。

兩人還不敢直接去找劉建，直等到天黑，兩人才悄悄找上了劉建家裏。

劉建見到穆廣很驚訝，說：「穆書記什麼時候回君和了？」劉建還是按穆廣做君和縣縣委書記的職稱稱呼他。

穆廣看劉健似乎並不知道他是逃犯，看來山村閉塞，資訊不通，有關他犯罪的新聞還沒傳到這裏來。

穆廣說：「老劉，我是來找你幫忙的。」

劉建笑說：「穆書記需要我做什麼儘管說，只要我能做到的，我一定做。」

穆廣說：「這次很麻煩，我做了些錯事，現在有關部門要抓我，想在你這裏躲一躲。老劉啊，現在事態很嚴重，你可要想清楚，是不是真的要幫我這個忙？如果你感覺你不能承擔這麼重的責任，那我可以馬上離開。」

劉建很乾脆地說：「不用想了，你就放心躲在我這兒好了，當年沒有你，我早就去蹲監獄了，你現在有難，我如果不管，那還算是人嗎。」

穆廣在被雙規前夕神秘地從北京消失，讓東海省紀委陷入了尷尬的境地。顯然是有人洩露了消息，穆廣才會提前一步逃離北京。

省紀委的同志並沒有馬上就離開北京，他們留在駐京辦，問傅華知不知道穆廣在北京有什麼朋友。

傅華對穆廣私下的交遊並不熟悉，他所知道的幾個朋友都是穆廣工作上的朋友，省紀委的同志一一去詢問了，這些人紛紛說不知道穆廣的行蹤。

省紀委的同志看留在北京也沒有什麼用，就囑咐傅華，如果知道穆廣什麼消息，就趕緊通知他們，離開了北京。

傅華心知穆廣根本就不會跟他聯繫，他不禁有點佩服穆廣，竟然能這麼神通廣大的及早得知消息，一跑了之。

傅華打電話給張琳和金達作了彙報，張琳和金達已經接到了省紀委的通報，他們對穆廣竟然做出殺人害命的事也感到十分震驚，他們想不通平時表現得那麼豪爽、一副正人君子模樣的穆廣，竟然會做出如此凶殘的事來，都有些不勝唏噓。

金達跟傅華聊完大致的情況後，問說：「傅華，你覺得這個穆廣會跑到哪裡去啊？」

傅華說：「我怎麼知道？金市長，您不知道穆廣來北京向來都很神秘，每次來，總有幾天是避開我們駐京辦，單獨行動的。就說這次他來北京學習吧，第一個週末也是把劉根留在駐京辦，自己一個人，我還真是不好預測他的行蹤。」

金達說：「他跟你向來有矛盾，有些事當然是要避開你的耳目。你說他有沒有可能留在北京啊？」

傅華想了想說：「我看不太可能，北京這兒穆廣應該並沒有太多朋友，而且北京他並不熟悉，留在這裏的可能性不太大。」

金達說：「你是說他回東海了？」

傅華推測說：「相對而言，東海那邊他更熟悉，也有他熟識的人，他在東海應該能更好隱藏自己吧。」

金達說：「可是海川和他原來所在的君和縣，相關部門都調查過了，並沒有找到穆廣任何的蹤跡。」

傅華說：「那就難說了，這世界說大不大，說少不少，一個人真心要躲藏起來，還是很難被找到的。」

金達說：「是啊。好了，我們不去管他了。穆廣這次出事，你倒是輕鬆很多，他原來處處針對你，現在他不在了，你也少了一個對頭了。」

傅華笑了笑說：「其實也不一定是好事，穆廣的習性我大致瞭解，我並不怕他，反倒是現在他的位置空出來了，不知道什麼人會來接替，也許將來的接替人選更難鬥呢。」

金達有些擔憂地說：「拋開他跟你之間的矛盾，穆廣這個人還算是一個很能幹的官員，很多方面他都能為我分憂，他出了這樁事，我覺得挺可惜的。也不知道再派來的人有沒有他這麼能幹啊。」

傅華心說，能幹不一定是好事，一個能幹的副市長誠然能幫市長分憂，不過有時候也會威脅到市長的地位；金達這個市長資歷尚淺，政治手腕還不夠老到，他之所以能降得住穆廣，跟背後有郭奎的支持有很大的關係。

不知道將來接替穆廣的官員，會不會也禮讓金達三分呢？

反正這些都是後話，傅華也不好現在就在金達面前說什麼，就笑了笑說：「希望吧。」

金達沒再說什麼，就掛了電話。

省紀委的同志離開駐京辦後，傅華打電話約劉康到海川大廈喝酒。

他記得劉康上次來見他時，說要去跟穆廣談事情，現在穆廣出事了，傅華覺得應該知會劉康一聲，省得劉康被穆廣的事情牽連了還不知道。

劉康應約而來，笑說：「傅華啊，怎麼這麼好，主動約我喝酒？不是又在打什麼鬼主意吧？」

傅華說：「有件事電話上我不方便跟你說，所以就把你約來了。穆廣那件事情你猜對了，他真的殺了關蓮。」

劉康問：「你怎麼知道穆廣確實殺了關蓮？穆廣罪行敗露了？」

傅華點點頭說：「是的，東海省紀委前幾天過來抓他呢。」

劉康訝異地說：「真的嗎？怎麼這件事，我一點風聲都沒聽到？」

傅華笑笑說：「人沒抓到，被穆廣跑了，海川市對這件事還處於保密的狀態，你不知情也很正常。」

劉康說：「這穆廣真是有本事啊，竟然能逃脫了。」

傅華說：「逃脫不過是暫時的罷了，總有一天他還是會被抓到的。誒，劉董，我記得上次你說要跟穆廣見面，他要你幹什麼啊？現在穆廣出事了，不會牽連到你吧？」

劉康笑說：「我也算老江湖了，不會在穆廣這小水灣上栽跟頭的。他上次敲了我三十萬去，不過我堅持讓他給我打借條，算是他向我借的，所以穆廣出事倒牽連不到我身上，只是現在看來，這三十萬是打了水漂了。」

穆廣打了借條，這三十萬就可以解釋為是借款，劉康就不會被當作行賄了，傅華笑說：「三十萬對劉董來說，不過是毛毛雨，只要你自己沒事就好了。」

劉康說：「我的錢也是辛苦賺來的，三十萬就這麼沒了，我也會心疼的。不過能保得平安，還是值得的，謝謝你還特地提醒我。」

傅華笑了笑說：「沒什麼。」

劉康嘆說：「過一陣子你們海川又要換一個常務副市長了，這對我來說並不是一件好事情啊。」

傅華說：「怎麼了？換一個市長你就繼續跟他打交道啊，有什麼好不好的？」

劉康搖搖頭說：「話不是這樣說，我剛把穆廣餵飽了，關係都處理得好好的，現在突然又換了人，我還得重新建立關係，重新餵肥他，你說麻煩不麻煩？話說我老人家是準備要退出江湖的人了，原本打算這筆生意做完，我就退休頤養天年了，哪知道麻煩事一樁接一樁，不知道到什麼時候才是個頭啊。」

傅華聽了，開玩笑說：「你做了那麼多壞事，被折騰一下也好，當還債啦。」

劉康看了傅華一眼，說：「你既然是這樣子想，為什麼不乾脆不提醒我，讓我稀裏糊塗栽進去不是更好嗎？」

傅華嘻皮笑臉地說：「知道了卻不提醒你，我也於心不忍啊。」

劉康笑笑說：「你就嘴硬吧。對了，你跟你們海川市市長和市委書記都很熟，有沒有消息說是誰接任穆廣的位置啊？」

傅華說：「你問這個幹什麼，又想去拉攏人家啦？」

劉康笑了起來，說：「如果知道是誰，我就可以安排人去接觸他，早點建立起良好的關係，我們公司的項目也好運作。」

傅華說：「你這個忙我幫不了你，現在東海那邊都在忙著找穆廣，省裏一時半會兒估計還難以安排接替的人選吧。」

劉康說：「這就很難講了，你們海川這樣的經濟大市，現在不知道多少人已經聞風而動，開始四處鑽營，想要得到這個位置了呢。誒傅華，你現在是什麼級別啊，是不是還掛著一個副秘書長的職銜啊？怎麼樣，有沒有想法上一個臺階啊？」

傅華笑說：「怎麼，你要幫我活動爭取這個副市長？你不怕我當上了，處處為難你嗎？」

劉康笑著搖搖頭說：「如過你真有這個意願，我倒是十分願意幫你的忙，你是正人君子，就是難為我，也是難為在明處，我不怕你這種人；我怕的是穆廣那種小人，你不知道他會從什麼地方算計你。怎麼樣，有沒這個意願？有的話，錢和人我都可以幫你的。」

傅華搖了搖頭，說：「我還是覺得駐京辦主任最適合我。」

劉康笑說：「我猜你也捨不得北京這地方。那你幫我留意一下這方面的消息吧，有什麼新狀況通知我一聲，我也好早做準備。」

傅華說：「好，我知道消息一定通知你。」

歲月並沒有停下前進的腳步，很快就一個多月過去了，這一個月當中，穆廣還是蹤影皆無。

這天晚上，趙老把孫守義叫到了家裏去，問道：「小孫啊，一個多月過去了，你有沒有接到穆廣什麼消息啊？」

孫守義不敢跟趙老說曾接到過穆廣的電話，就搖搖頭說：「沒有，沒有人知道這傢伙躲到哪裡去了。」

趙老看了孫守義一眼，質疑地說：「他就沒跟你聯繫？」

孫守義趕緊說：「沒有。」

趙老嘆了口氣，「哎，這穆廣總是個麻煩啊。」

孫守義說：「都是我不好，給老爺子您添堵了。」

趙老搖頭說：「沒事了，你當初也沒想到事情會這個樣子的。小孫，我問你，你想不想到地方上去工作一段時間啊？」

孫守義愣了一下，說：「老爺子，您這是什麼意思啊？是要把我貶到地方去嗎？」

趙老笑說：「你別緊張，我沒有要懲罰你的意思。你要知道，有在地方上工作的經驗，對你未來的仕途發展是很有幫助的。中央現在也想培養一批既有部委工作經驗，又有地方工作經驗的幹部，這樣的幹部未來是一定會被重用的。」

孫守義是從組織部門裏出來的幹部，心裏清楚趙老實際上是在幫他為未來的仕途發展打基礎呢，就笑笑說：

「老爺子，我知道您的意思了，您是要我到地方上去累積一些工作經驗，行啊，我願意去。只是不知道老爺子您準備把我打發到什麼地方去呢？」

趙老說：「你覺得去海川接穆廣的位置如何啊？」

孫守義有點為難了，說：「老爺子，你是讓我去東海啊？」

趙老問：「不好嗎？穆廣這傢伙對我們來說，總是一個不確定的因素，你去了那裏，也方便我們隨時掌握事情的動態，免得又有什麼突發事件，搞得我們很被動。」

孫守義這時才明白趙老想派自己去海川是這個目的啊，雖然他確定穆廣不會出賣他和趙老，但是若能親臨第一線，隨時掌握事情的動態比較好。

不過，那個郭奎已經耍過趙老一次了，自己如果去東海，會不會受郭奎打壓啊？

孫守義想了想說：「老爺子，我很願意跑這一趟，只是您也知道，郭奎上次拿您是一個什麼樣的態度，現在我下去，會不會不受人家待見啊？」

趙老笑說：「這個你不用擔心，穆廣那件事情發生後，郭奎專門打電話來跟我解釋過，說當時不方便透露案情，只好暫時先應承我，他跟我道歉了。你曾經做過我秘書，我相信他們看我的面子，只會關照你，不會難為你的。所以這點你不必擔心。」

孫守義聽郭奎跟趙老道了歉，顯見郭奎也不得不禮讓趙老三分，自己可以免除郭奎這方面的擔心，又可以提升一級，下派到海川市做常務副市長，這是件好事，於是就笑了笑說：「那就好，那您就安排我下去吧。」

趙老態度嚴肅地看著孫守義說：「小孫啊，既然你答應了，回頭我就幫你安排這件事情。不過，有些話我事先要跟你說。」

孫守義點點頭，說：「您說。」

趙老諄諄告誡說：「你到了地方上，一定要夾著尾巴做人，要尊重地方上的同志，不要以為自己是從部委下去的，就覺得了不起，就可以耀武揚威。你下去呢，不僅僅是為了穆廣，最重要的是要做出成績來，這樣將來調回來才會有政治資本。要做出成績來，地方上的同志對你的配合就很重要，據我所知，之前有些同志下去，這方面就做得很差，搞得地方上的同志對他意見很大，工作上處處掣肘，結果搞得灰頭土臉。我可不希望你也這個樣子，知道嗎？」

孫守義趕緊點點頭，說：「這您放心，我是老爺子您帶出來的，跟同志們該如何相處，我還是知道的。」

趙老接著又說：「再是呢，地方上的事情比較複雜，利益牽扯更多，不像部委工作這麼正規，各方面的誘惑也多，我希望你能把持得住自己，不要做出會後悔的事情來。穆廣就是一個很好的前車之鑑，我派你下去，是希望你能有所進步，可不想製造第二個穆廣出來，知道嗎？」

孫守義點點頭，說：「我心裏有數了，穆廣這個教訓我會刻骨銘心，不會那麼傻，重蹈覆轍的。」

趙老說：「你下去之後，不比在我身邊，什麼事情我都可以護著你，所以做什麼你都要三思而後行，不明白的地方可以打電話回來跟我交流一下，需要什麼支援呢，也跟我說，我會全力支持你的。」

錢總把穆廣安頓在君和縣後，就去見了鏡得和尚。

現在穆廣的狀況不上不下的，所以他很想從鏡得和尚那裏得到一點啟示。每次遇到解決不了的事時，他總是習慣去向鏡得和尚求教。

鏡得和尚看到錢總，輕輕地搖了搖頭，說：「你還是跟那個人扯到了一起去了。」

錢總苦笑說：「你已經知道了？」

鏡得和尚說：「你面有惶惶之色，神情疲憊，肯定是剛經歷過一段逃亡之旅，才會這個樣子的。上次你來，我就已經知道了，你跟那個人很多事情糾纏在一起，讓你跟他分開是不可能的了。」

錢總嘆說：「確實是這樣子，我這些年的生意，很多都需要依仗他才能發展起來，你讓我離開他的時候，我跟他已經無法切割了，只能跟他一條道走到黑了。」

鏡得和尚忍不住教訓說：「你啊，就是太貪婪了，按說這些年你賺的錢已經很多了，怎麼還去搞這麼多事情出來啊？」

錢總面露無奈說：「人不都是這個樣子嗎？誰不是有錢了還想更有錢呢？這個是無法控制的。」

鏡得和尚搖了搖頭，說：「既然這個樣子，那你還來見我幹什麼？」

錢總說：「是這樣子，那個人現在躲了起來，我想問一下，他能藏多久？」

鏡得和尚笑笑說：「你問這個有用嗎？他終歸是要被人發現的，藏多久也無法改變他的命運啊。」

錢總聽了，神色黯淡了下來，說：「就沒什麼辦法能夠改變一下嗎？」

鏡得和尚看了錢總一眼，說：「能不能改變，你心裏應該很清楚，他做的事是能夠回頭是岸的嗎？」

錢總搖搖頭，說：「肯定是不能了。」

鏡得和尚說：「那不就結了嗎？天網恢恢疏而不漏，一個人總是要為他的行為負責。你也是一樣，我這裏也勸你一句，不要老認為自己比別人聰明，能夠玩弄別人在股掌之上。常常淹死的都是會游泳的，倒楣的也都是那些自以為聰明的人。總有一天，你也是要為自己的行為負責的。你好自為之吧。」

鏡得和尚閉上眼睛，再也不說話了。錢總就有些無趣，灰溜溜的離開了。

從鏡得和尚那裏離開後，錢總也沒回海川，直接就趕到了省城齊州，他現在更急迫的想要跟萬菊建立起密切的聯繫。

雖然錢總受了鏡得的警告，可是有些事既然已經發生了，後悔是沒有用的，現在錢總可不能坐在家裏等著麻煩上門，也只能往前走一步看一步了，為自己多爭取一些生存的空間。

到了齊州，錢總就打電話給田燕，約田燕在一家咖啡廳見面，想瞭解一下田燕這些日子在萬菊家裏做得怎麼樣。

田燕應約而來，錢總給她點了杯咖啡，問道：「怎麼樣，小田，你這保姆做得是否適應啊？」

田燕笑笑說：「挺好的，萬阿姨人挺好相處，他們一家人都很喜歡我。」

錢總說：「你見過金達市長了嗎？」

田燕說：「見過幾次，不過他很忙，每次回來，往往待一晚，第二天一早就走了。」

錢總說：「他是要管幾百萬人的市長，忙是很正常的。他對你感覺怎麼樣，有沒有露出不喜歡你在他家做保姆的意思啊？」

田燕笑了，說：「怎麼會，我做的那麼好，他怎麼會不喜歡呢？我看他對萬阿姨請保姆這件事是很支持的，可能是覺得他不常在家，沒辦法照顧家庭，心裏有些愧疚。」

錢總聽了，說：「他不討厭你就好。好好在那裏幹，我不會虧待你的。」

田燕笑笑說：「我現在就幹得很好啊，萬阿姨很擔心我找到工作會離開她那兒呢。他不知道你早就讓我長期幹下去的。」

錢總很滿意地說：「我就需要她依賴上你，不錯啊。你先回去吧，晚上我會登門去看看萬菊的。」

田燕就先行離開了，錢總結了帳，然後去齊州最有名的銀座商廈，他準備晚上拜訪萬菊，所以想先買個帶給萬菊的禮物。

轉了半天，錢總也沒拿定主意要買什麼給萬菊比較好。這禮物要送得萬菊喜歡，還不能看上去太貴重，否則萬菊肯定馬上就會起戒心，拒絕接受的。

最後只好問了一個女服務員，女服務員推薦說：「送女人當然是選化妝品、首飾之類的。」錢總想了一下，化妝品倒是很合適，就買了一套名貴的化妝品。

晚上，錢總算計著萬菊已經下班回家了，就去了萬菊家。

是田燕開的門，錢總笑笑說：「小田啊，萬副處長回來了嗎？」

萬菊聽到了，笑著迎了出來，說：「是錢總啊，什麼時候到省城的？」

錢總說：「我來省裏辦點事，就順便來看看小田在你這做得怎麼樣，她沒給你添麻煩吧？」

萬菊笑說：「怎麼會呢，小田這女孩子很棒，她在我們家這段時間，我兒子胖了好幾公斤呢。錢總，真是要謝謝你啊，幫我找了這麼好的一個人。」

錢總客氣地說：「謝我幹什麼，沒給你添麻煩就好。其實是我該謝謝你才對啊，萬副處長，是你給了小田一個落腳處啊。」

萬菊笑笑說：「我們就不要在這門口謝來謝去了，裏面請吧，錢總。」

錢總就跟著萬菊進了屋，又將手中的化妝品禮盒遞了過去，說：「萬副處長，我第一次登門拜訪，也不知道買什麼好，就隨便買了套化妝品，希望你不要嫌棄。」

萬菊猶豫了一下，看著錢總說：「這個就不要了吧？錢總你來就好，不需要帶禮物的。」

錢總笑笑說：「萬副處長，你是不是對我老錢有什麼看法啊？」

萬菊趕緊搖搖頭，說：「怎麼會呢？」

錢總說：「那你為什麼不肯接受我帶來的這麼點小小的禮物呢？我沒別的意思，就是覺得來看一個朋友不好空手罷了。」

萬菊推辭說：「不是的，錢總，你這套化妝品是名牌，價值肯定不菲，我不好接受這麼貴重的禮物。」

錢總搖搖頭，說：「我不怕跟你說實話，這套化妝品確實值點錢，但還不到價值不菲的地步。我之所以買它，主要是感覺朋友之間應該禮尚往來，你看你幫過我那麼多忙，不但指導我們的工程項目，還幫我收留了小田，我如果再一點感謝的表示都沒有，我會覺得自己都有些不知道該怎麼做人了。」

田燕在一旁也幫著說道：「阿姨，你就收下吧，這也是錢總的一點心意。」

萬菊還在猶豫，推說：「這不好啦，錢總，你還是拿回去吧。」

錢總面色沉了下去，說：「看來萬副處長是不拿我當朋友了，我知道，你是市長夫人，我這點東西你看不上眼。」

萬菊有些尷尬地說：「錢總，我不是這個意思。」

錢總假裝不高興地說：「那是什麼意思啊？就許你幫我的忙，卻不許我表達一下我的心意嗎？這又不是什麼貴重的東西，你怎麼就不能收呢？這樣的話，我怎麼還好意思再來見你啊？小田的事也不好再麻煩你了，回頭我就把她帶走好了。」

萬菊愣了一下，別的事情她倒不太在意，但錢總說要帶走田燕，她就有些著急了，田燕這段時間幫了她很大的忙，有田燕在，她感覺輕鬆了很多，小田真要離開，她就像失去了依靠似的，心裏一下子空落落的。

萬菊趕忙說：「錢總，小田在這兒做得好好的，你怎麼要帶走她呢？」

錢總說：「萬副處長，不是我不想讓小田留在這，只是當初你收留小田完全是為了幫我的忙，現在你一點謝意都不肯讓我表示，我也沒臉再把小田留下來給你添麻煩啊。」

萬菊聽錢總這麼說，只好答應下來：「好，錢總，這份化妝品我就留下了，不過，下次可不准再這個樣子了。」

錢總高興地說：「這就對了嘛。」

萬菊就把化妝品接了過去，說：「這下子你滿意了嗎？」

錢總笑笑說：「我也是聊表寸心罷了。」

萬菊說：「其實真的沒必要，小田在這兒幫了我很大的忙，我還擔心她什麼時候找到工作，會不在我這兒幹了呢？說到這裏，小田，我一直也沒問你，你也來一段時間了，可找到什麼中意的工作嗎？」

小田苦笑了一下，說：「阿姨，我來了才知道，齊州的工作很不好找啊，要不就要求很高的學歷，要不就是很累的工作卻賺到很少的錢。我沒念過多少書，拿不出學歷來，好工作就很難找了。」

錢總說：「我早跟你說過，省城不是隨便什麼人都能待的了吧？」

萬菊緊張地看了看田燕，說：「小田，那你下一步有什麼打算啊？是回海川去，還是想繼續留在齊州啊？」

田燕說：「我這樣子也沒臉回去啊，現在回去，家裏人肯定會笑話我連個工作都找不到的。阿姨，你問我這個，是不是嫌我留在這裏給你添麻煩了？」

萬菊說：「那裏，你留在這兒我高興還來不及呢，又怎麼會嫌你啊？我是擔心留你在這兒，會妨礙了你的前途。」

田燕立刻說：「這倒不會，我挺喜歡齊州的，只要阿姨你不嫌我，我就留下來。工作嘛，我可以慢慢找，我相信總會找到適合我的工作的。」

萬菊鬆了口氣說：「你願意留下來我很高興，你說得對，工作可以慢慢找，我也會幫你留意的。」

田燕嘴甜地說：「那謝謝阿姨了，你真好。你跟錢總聊，我去做飯了。」

萬菊看了看錢總，說：「錢總，你這個時間來，應該還沒吃飯吧？」

錢總說：「萬副處長，你就不用管我了，我一會兒出去吃。」

萬菊說：「出去吃什麼，就在這兒吃吧，你也嘗嘗小田的手藝。」

錢總說：「這不麻煩嗎？」

萬菊笑笑說：「麻煩什麼啊，小田，多做一點菜，錢總也要在這吃飯。」

錢總心中就希望能有這種結果，他很清楚跟女人打交道，互相之間的這種友情是很重要的，女人是很講感情的，不像男人那麼偏重利益，所以女人如果對你有好感，在很多地方就會自動的幫你的忙。

現在錢總要打通金達那關還有一定的難度，他想先跟萬菊建立起良好的友情，再借助萬菊這個市長夫人的名頭來為他造勢。

錢總便笑笑說：「那我就恭敬不如從命了。」

萬菊陪著錢總聊天，說：「錢總啊，最近又去哪裡發財了？我可是有一段時間沒聽到你的消息了。」

錢總自然無法跟萬菊說他最近都在為穆廣的事情奔波，所以才無法來省城，就苦笑了一下，說：「發什麼財啊，都在為項目奔波呢。」

萬菊稱讚說：「你那個項目建得真是很漂亮，我很喜歡那裏的景色，我相信建成了，你一定會發大財的。」

錢總笑笑說：「我當初選這個地方，也是考慮到這裏山清水秀，景色優美，不說別的，只要住在那兒，心情就特別的舒暢。」

萬菊同意說：「那個地方確實是個適合居住的好地方，空氣清新，比省城的空氣好太多了。我有時候想，如果老了能在你那個度假區附近買個房子，住在那兒該多愜意啊。」

錢總笑笑說：「我們想到一起去了，下一步我們公司就準備在那附近建一些獨門獨院的別墅，如果萬副處長喜歡的話，我可以留一套給你啊。」

萬菊忙擺手說：「那我可買不起，在那兒買一棟別墅，還不得幾百萬啊？我那裏有那麼多錢啊！」

錢總點點頭說：「這倒也是，金市長的清廉在海川市是出了名的。」

萬菊說：「是啊，雖然說我們家那口子是海川市市長，聽起來威風八面的，但實際上，離像錢總你這樣成功的商人還是有差距的，我們一個月賺的可能還抵不過你吃頓飯花的錢多。」

錢總呵呵笑了起來，說：「也不能這麼說啦，其實金市長在政界是很成功的，年紀輕輕就成一個管轄幾百萬人的大市的市長，未來前途不可限量。換到商界的話，大概也不會差到哪裡去吧。」

錢總這麼一誇金達，萬菊心中難免有些驕傲，不過還是故作謙虛地說：「他也就那個樣子了吧。不管怎麼能幹，他也賺不到你一棟別墅的錢的。」

錢總見萬菊似乎對別墅很心動，就試探著說：「其實我們的建案並不是都很貴的，如果萬副處長喜歡，我可以便宜一點賣你的。」

萬菊笑了起來，說：「別開玩笑了，便宜的我也買不起啊，再說，如果被我們家那口子知道了，還不罵死我啊！」

錢總本想用低價別墅去賄賂一下萬菊，看看萬菊能不能接受，聽萬菊這麼一說，他就知道此路是行不通了。看來要打通金達這邊的關係，還需要另找別的方案了。

第三章

地王遊戲

鄭堅説：

「這個地王遊戲實際上是對政府有利，地王抬高了周邊地塊的價格，也讓人們對下次的拍賣有了更好的預期，只要維持這個預期，政府將來就可以拍得更多的錢，所以政府是期望這個遊戲能順利進行下去的。」

北京，林珊珊家裏。

林珊珊美人出浴，披著浴袍從浴室裏出來，面龐猶如一枝帶雨的梨花，嬌豔欲滴，看得孫守義頓時蠢蠢欲動起來。

他忍不住伸手去攬住了林珊珊盈盈一握的細腰，嘴唇印上了她的雙唇，彼此的身體緊貼在一起，熱吻了起來。

林珊珊的情緒被帶動了起來，孫守義可以感受到她身體的熱度，他忍不住解開了浴袍的帶子，一個光潔的美人胴體完美地呈現在他的眼前，他俯下身來，用舌頭探索著美人每一寸的肌膚，美人扭動呼應著，開始幫他解開衣衫，兩人之間再無滯礙，完完全全的融合在一起。

孫守義從後背輕撫著林珊珊光滑的肌膚，有點遺憾地說：「珊珊，我可能要好長一段時間都不能再見到你了。」

林珊珊驚訝的抬頭看了看孫守義，說：「怎麼了，守義，你是要跟我保持距離嗎？你厭倦了跟我在一起了嗎？」

孫守義搖搖頭，說：「珊珊，你是我這輩子遇到的最好的女人，你給了我別的女人無法給我的享受，有時候我自己都在想，我孫守義真是何德何能，能讓你這樣一個出色的女人對我這麼好，我又怎麼會厭倦跟你在一起呢？」

林珊珊笑笑說：「你知道就好，你擁有我是你上輩子修來的福氣，哪個女人會像我一樣，跟你在一起從來也沒圖你什麼。」

孫守義說：「是啊，要講財富金錢之類的，這些你父親就可以給你了，我就奇怪，你到底看上我什麼了？」

林珊珊說：「我看上你是一個小白臉，我就想養你這個小白臉，不好嗎？」

孫守義笑了笑說：「我倒是願意被你養一輩子，可惜我很快就要離開北京了。」

林珊珊問：「怎麼了，是不是那晚趙老對你說了什麼？」

孫守義說：「趙老說要我去地方上工作一段時間。」

「去哪裡啊？」林珊珊問。

孫守義說：「東海省海川市，去任職副市長。」

林珊珊聽了說：「很好啊，這樣你是不是就算是被提拔了？」

孫守義說：「是啊，我被提升了一級，但是就不能常常跟你見面了。」

林珊珊說：「男人是要以事業為重的，你不用擔心不能常常見到我，反正我也沒什麼事做，不行的話，我也跟你去海川好了。」

孫守義搖搖頭，說：「那可不行，你不能跟我去海川。」

「怎麼了，你要帶你老婆過去啊？」林珊珊問。

孫守義說：「那倒不是，我老婆那邊我還沒跟她說呢，我估計她是不會跟我去海川的，京城有她熟悉的圈子，她不會捨棄她的圈子跟我下去的。」

「那你還擔心什麼，你老婆不跟你去，不正好方便我們兩個了嗎？」林珊珊納悶地說。

孫守義說：「事情哪像你想得那麼簡單？我在海川什麼情況還都不熟悉，怎麼能帶一個不是我老婆卻這麼漂亮的美女在身邊呢？那邊上上下下的人都在看著我呢，這不等於告訴人家我有問題嗎？」

林珊珊笑著指了一下孫守義的腦袋，說：「原來是擔心我影響了你的前途啊，你這個官迷！當初脫我衣服要跟我睡覺的時候，你怎麼沒說這樣子會有問題啊？」

孫守義嘴甜地說：「誰能拒絕得了像你這麼漂亮的美女啊？如果拒絕了，那還算是男人嗎？」

林珊珊笑笑說：「你知道就好。」

孫守義抱緊了林珊珊，說：「珊珊，開玩笑歸開玩笑，我也捨不得離開你的，可是我下地方之後，必然會有一段時間要去熟悉工作，地方上的事務又很繁雜，我會顧不上照顧你的，你跟我下去我也不好安排你，所以你還是在北京忍耐一下，等我在海川站穩了腳步，跟地方上熟悉了，我再安排你去好不好？」

林珊珊撅著嘴，不高興的說：「我不嘛，那豈不是很長時間我們都沒辦法在一起了嗎？我會想你的。」

孫守義說：「我也會想你的，你就忍一忍吧，我的寶貝。」

孫守義說著，就去親了親林珊珊撅起的嘴唇，林珊珊勉強笑了笑說：「好吧，我就暫時忍一忍，不過，你可要快一點進入情況，我可不能等你太久。再是，也不許你在那邊給我勾搭別的女人，知道嗎？」

孫守義笑笑說：「這個自然，哪個女人有我的珊珊好啊？」

林珊珊笑了起來，說：「你知道就好。誒，守義，要不我讓我父親去你們海川那裏投資點什麼項目，這樣我不就有名目去看你了嗎？」

孫守義笑說：「你父親要是想去投資，我當然很歡迎啊，不過由你來開口，就顯得怪怪的了，你一向不喜歡管這種事，如果你開口，你父親一定會懷疑的，所以暫時還是不要吧。」

林珊珊說：「這倒也是，我從來都不管這些事的，突然跟我父親說這些，他一定會覺得奇怪，如果被他發現我跟你的關係，那就不妙了，他一定會扒了我的皮的。」

孫守義笑笑說：「你父親不是很疼你嗎？」

林珊珊說：「疼當然疼，可是他是一個很保守的人，如果他知道我跟一個有婦之夫來往，他會氣死的。」

傅華在駐京辦忙了一上午，臨近中午的時候，接到鄭莉父親鄭堅的電話。

鄭堅問：「小子，在幹什麼？」

傅華說：「我在駐京辦辦公呢，有事嗎？」

鄭堅說：「出來吃飯吧。」

傅華說：「都有誰啊，要不要叫上小莉啊？」

鄭堅說：「還有劉康劉董，叫不叫小莉隨你了。」

傅華說：「那我就叫上她吧。」

鄭堅說：「行啊，你趕緊來吧，我和劉董已經坐下來了。」

傅華就打電話給鄭莉，約鄭莉一起吃飯，鄭莉卻說有事走不開，讓傅華自己去。傅華只好自己趕了過去。

見了面，劉康笑說：「傅華，我讓你岳父叫你來，是有一件事情要跟你說，你知不知道誰將接替穆廣，出任海川市的副市長啊？」

傅華搖搖頭說：「東海和海川方面還一點消息都沒有呢，我怎麼能知道啊？不會是劉董你已經知道了吧？」

劉康笑笑說：「我是知道了一點消息，接替穆廣的這個人不會從東海那邊產生。」

傅華納悶說：「不從東海省產生，難道要從外省調啊？」

劉康說：「也不是從外省調，是要從中央下派過來。」

傅華有些懷疑地說：「不會吧？」

劉康說：「我剛跟中組部一個朋友在一起聊這件事，那個朋友告訴我，中央最近在搞中央和地方上的幹部交流任職，所以這次決定從中央抽調一些人到地方上工作，而具體到海川的這個副市長，我朋友告訴我，中組部計畫讓一個叫孫守義的處長下去接任。」

「孫守義！」傅華叫了出來，這個名字怎麼這麼熟悉啊？

劉康說：「怎麼，你認識？」

傅華想了想說：「這個人的名字似乎聽說過，是哪個部委的？」

劉康說：「好像是農業部的。」

傅華想起穆廣當初跟人拼酒的那個場面，好像那個孫處長就叫孫守義，就說：「不會這麼巧吧？」

劉康笑笑說：「你真認識啊？」

傅華點點頭，說：「當初穆廣初來北京的時候，曾經跑農業部要了一筆款項，當時他找的人好像就叫孫守義。」

劉康愣了一下，說：「穆廣的朋友啊？肯定也不是什麼好東西了。」

傅華說：「那倒未必，這個人很豪爽，我感覺跟穆廣不是一個路子的。」

劉康鬆了口氣，說：「跟穆廣不是一個路子就好，如果跟穆廣一個路數，我又要頭疼怎麼跟他打交道了呢。」

傅華笑笑說：「你不要把人都想得那麼壞，這個人還不錯的，不信的話，等他上任了，你跟他接觸接觸就知道了。」

鄭堅說：「不要等他接任了，等他接任不就太晚了嗎？劉董剛才跟我說，他的意思是想找找關係，先跟這個什麼孫守義打打交道看看。你的駐京辦也是屬於穆廣的管轄範圍，他找你來，是想到時候你一起去跟這個孫守義見見面，先把關係打好，不要再弄得跟像穆廣那樣子水火不容的。現在好了，既然你原本就認識他，你出面幫劉董約他一下，請他出來吃頓飯，聊一聊。」

傅華遲疑地說：「這個孫守義要出任副市長還是私下的說法而已，並不一定就成真，現在就去約他好嗎？」

鄭堅笑說：「小子，你不會這麼幼稚吧？你應該知道，這種私下的說法從來都是會成真的。再說，就算不成真，劉董也不過請他吃頓飯而已，損失不了什麼啊。」

劉康也說：「對啊，這種事向來是寧信其有莫信其無的。」

傅華說：「那我回頭約約他看看吧。」

劉康笑笑說：「行啊，約好了你通知我。」

三人就不再談這個話題，開始喝起酒來。

這時，雅座的門被敲了一下，一個五十多歲的男人帶著一個二十多歲挺漂亮的女人走了進來。

一進門，那個五十多歲的男人就指著鄭堅說：「老鄭，不夠意思啊，吃飯你也不叫我啊？」

鄭堅站了起來，說：「不是吧，林董，你怎麼追到這裏來了？」

被稱作林董的男人笑著說：「你別瞎說，我可沒追你，我只是在外面看到了你的車而已。」說著，他看了看劉康和傅華，問鄭堅道：「這兩位是？」

鄭堅笑笑說：「我來介紹，這位是劉康劉董，北京康盛集團的董事長。這位是我女婿，在海川駐京辦當一個小小的主任。」

林董跟劉康和傅華一一握手，一邊遞上了他的名片。

傅華一看，愣了一下，看了看林董，說：「林董，貴公司最近在北京可是很出風頭啊。」

劉康用疑惑的眼神看了傅華一眼，不知道傅華為什麼這麼說。

傅華笑了笑說：「劉董你不知道嗎？林董這個中天集團就是最近在朝陽區拍出了地王的那家公司。三十二億，令人咂舌。」

劉康用驚異的眼神看了看林董，笑說：「不好意思啊，林董，我最近的業務重心不在北京，對北京商界的情況知道的不多，所以不知道貴公司的壯舉。」

林董謙虛說：「也算不上什麼壯舉，不過是朋友相讓而已。」

鄭堅看看站在林董身旁顯得有些無聊的那個年輕女人，說：「林董啊，你別光顧著說話，還沒介紹你帶來的這位小姐呢？」

林董趕忙說：「這是我的女兒，林珊珊。珊珊，問叔叔們好。」

林珊珊不悅的瞪了她父親一眼，說：「你總算想起我來了，都說不跟你出來吃飯了，無聊透了。」

鄭堅笑了起來，說：「林董，這是你女兒啊？不錯啊，沒想到你會有一個這麼漂亮的女兒。」

林珊珊瞅了鄭堅一眼，說：「漂亮不漂亮干你什麼事啊，老頭？」

林董沒想到林珊珊會這麼對鄭堅說話，他正有事情跟鄭堅談，怕鄭堅著惱，瞪了林珊珊一眼，說：「怎麼這麼沒大沒小的？快向叔叔道歉。」

鄭堅卻不生氣，笑笑說：「這丫頭有意思，林董，道什麼歉啊？這丫頭直言直語的，挺好玩的。」

林珊珊卻笑了，說：「老頭，你還挺大度的，我那麼說你都不生氣。」

林董再也忍耐不下去了，衝著女兒吼道：「珊珊，你到底怎麼回事啊，非要我發火不可嗎，老頭也是你叫的？趕緊給我道歉。」

林珊珊吐了一下舌頭，對著鄭堅說：「對不起啊，鄭叔叔。」

鄭堅笑笑說：「沒事，別聽你爸爸的。」

林董又瞅了林珊珊一眼，說：「還有別人呢？」

林珊珊又衝劉董叫了一聲叔叔好，轉過頭來看到傅華，傅華立刻說：「我就算了，我還沒到叔叔的地步。」

林珊珊笑了，說：「你是沒到那年紀，那我叫你什麼好呢？」

傅華說：「一句你好就行了。」

林珊珊便說：「那就你好。」

傅華點點頭，說：「你好。」

林珊珊打完招呼，林董道歉著說：「老鄭，真不好意思啊，這個女兒被我慣壞了。」

鄭堅笑笑說：「沒事，小孩子嘛，我和劉董都一把年紀了，還會跟她計較嗎？」

林董又看看鄭堅，說：「你們這是要談事情嗎？」

鄭堅說：「沒有，閒著沒事一起吃頓飯罷了，一起吧？」

林董看看劉康和傅華，說：「兩位方便嗎？」

劉康笑了笑說：「方便，怎麼不方便？歡迎林董加入。」

林董其實找上門來，是有事要跟鄭堅談的，見劉康不反對，就笑著說：「那就一起吧，回頭我買單。」

鄭堅說：「買單就沒必要了，坐下來吧。」

林董和林珊珊坐了下來，服務員送上餐具，林董並沒有急著開吃，而是對鄭堅說：「老鄭，我跟你說的事，你考慮過了沒有啊？」

鄭堅笑說：「我就知道你來是為了這件事，不過這件事一時半會說不清楚，回頭約個時間去我公司談吧，我們吃飯。」

林董說：「也好，回頭我打電話給你吧。」

眾人就開始吃飯，由於是臨時湊到一起的，所以並沒有什麼共同的話題，桌上的氣氛就有些悶。

林董是闖進來的人，覺得有義務找話題活絡一下氣氛，目光就落在了傅華身上，他看著傅華說：「誒，傅先生，剛才聽老鄭介紹，你在海川市駐京辦啊？」

傅華說：「對啊。」

林董笑笑說：「海川是個好地方啊，避暑勝地啊。」

傅華說：「怎麼，林董對我們那兒也感興趣？」

林董說：「我是想去看看那邊的房地產市場，現在北京的土地太貴了，隨便一塊就幾十億，成本太高，我們這些房地產業都快承受不了了。」

鄭堅點頭說：「是啊，我也覺得北京的房產市場有些過熱了，光土地成本都這麼高了，等建起來得要賣多少錢啊？林董，這裏面的風險太大了。」

林董笑笑說：「現在還在控制範圍之內，不過再這樣子下去，可就很難說了。所以我有意去一些二三線城市看看，就像海川這樣的城市，有一定的知名度，房產市場卻還沒有完全帶動起來，也許我們公司在那裏能有所作為。」

林珊珊這時插話說：「誒，海川，是東海省的那個海川嗎？」

傅華笑了起來，說：「怎麼，還有第二個海川嗎？」

林珊珊眼睛亮了起來，說：「我聽說那邊的風景很美啊，很適合搞房地產。爸爸，你什麼時間去看啊，我陪著你去吧？」

林董詫異的看了看林珊珊說：「珊珊，你沒事吧，你不是向來對公司的事不關心的嗎？」

林珊珊撒嬌說：「我想去看看那邊的景色不行啊？」

林董說：「你要看景色，等專門找時間旅遊去，我跟傅先生談的是公司上的事情。」

傅華在一旁笑笑說：「我們歡迎林董過去考察，當然也歡迎林小姐過去旅遊。我相信你們都會對我們海川十分滿意的。」

林珊珊笑笑說：「爸，你看，人家說歡迎我去呢。」

林董說：「人家傅先生那是跟你客氣呢，好了，你別打岔了，我還有些事情要跟傅先生瞭解一下呢。」

傅華說：「林董想要瞭解什麼啊？我一定知無不言，言無不盡。」

林董說：「我想知道你們那邊房產市場現在發展的怎麼樣？」

傅華笑笑說：「當然是沒有北京這麼火了，不過國內一些知名的大型房產企業早就搶灘登陸了。像萬科早在幾年前就在那邊開發了幾個樓盤。」

林董說：「萬科也過去了啊，王石的嗅覺向來是很靈敏的，看來海川的房產的確是有利可圖。」

傅華說：「那林董就過去看看吧，我們隨時都歡迎啊。」

林董說：「不過，我也聽說前段時間，那個著名的影后在你們那邊投資建設了一批別墅，據說賣得很慘，血本無歸啊。」

傅華笑說：「林董說的是××吧，是有這麼一回事，不過，她虧本不是因為那邊的房地產市場不好，而是她投資的方向有誤，加上後續資金不足，這才導致整個項目停工，損失慘重的。」

林珊珊笑說：「反正虧本了責任就是別人的，你們海川就什麼問題也沒有，是吧？」

傅華說：「賣瓜的當然不會說瓜不甜啦，不過呢，項目賺不賺錢，關鍵在於經營的人，林董真要過去的話，我也要把醜話說在前面，我可沒有跟你打包票，說去了就一定賺錢的啊。」

林董笑說：「那當然，我就是要去，也會在當地好好考察一番的。決策由我下，責任也會由我承擔，我不會怪到傅先生的頭上的。誒，傅先生，你跟我說一下，你們那邊的房價大致在什麼價位啊？」

傅華說：「中心的繁華地段現在一平米平均價位在一萬左右吧，稍微偏遠一點的，也要七八千吧。」

林董聽了說：「這麼便宜啊，看來還是可以有所作為的。」

傅華說：「林董如果要去的話，我來安排接待方面的事務。林小姐如果要去海川旅遊的話，也可以跟我說一聲，我會安排那邊的人陪同的。」

傅華招攬林珊珊過去旅遊，並不是他對林珊珊感興趣，而是想借此讓林董帶著中天集團去海川實地考察。

雖然中天集團是新近起來不久的房產企業，可是一個能拿出三十二億拍下地王的公司，總不會是個實力不濟的公司吧？他很期待中天集團能在海川投下鉅資，發展海川的房地產業。

林珊珊笑笑說：「行啊，我會儘快安排的，先謝謝你了。」

林董暗自搖了搖頭，他不知道這個平時吊兒郎當的女兒怎麼突然對海川產生了興趣，不過帶著她去走一趟倒也無妨。

眾人又聊了一會兒別的，就吃完各奔東西了。劉康叮囑傅華早一點約孫守義出來，就開著車走了。

傅華也要上車離開，鄭堅走了過來，說：「小子，你先別急著走。」

傅華說：「有事嗎？」

鄭堅說：「你是不是看上中天那個小妞了？怎麼跟她一個勁勾勾搭搭的？」

傅華笑了起來，說：「當著您老的面我敢嗎？那樣子的話小莉還不扒了我的皮啊？我不過是想讓中天集團過去海川考察一下而已，你也知道，我們駐京辦是有招商任務的，我這也是為了完成任務啊。」

鄭堅質問說：「真的只是為了任務？你心裏就一點沒想別的？那個小妞可是挺夠勁的，你就一點不心動？」

傅華開玩笑說：「這麼說你心動了？我說呢，人家叫你老頭你怎麼一點都不惱呢，原來是被人家把骨頭叫酥了啊？怎麼樣，回頭要不要我把這件事跟阿姨說一下啊？」

鄭堅笑說：「你可別瞎說啊，別鬧得我家裏雞犬不寧的。好了，你也別裝了，男人見了這樣子的女人，心動一下是難免的，我也不是想來責備你什麼，只是想告訴你，對那個中天集團別期望太高了，林董沒有你想的那麼有實力。」

傅華愣了一下，說：「怎麼了，他剛拍下地王啊，怎麼會沒有實力呢？」

鄭堅笑笑說：「你也上這種鬼當啊？你以為三十二億他能一下子拿出來嗎？他不過先交了一點訂金而已。現在哪家房地產企業手裏有三十二億的資金儲備啊，我跟你講，他能調動的資金可能就只有三十二億的零頭而已。」

兩億而已？傅華震驚了，他看了看鄭堅，說：「怎麼可能？只有兩億他就敢拍下三十二億的地？他真是瘋了。」

鄭堅笑說：「他沒瘋，相反，還好得很呢。首先，這三十二億的地王一拍出來，多少人會對中天集團刮目相看啊，能拿得出三十二億的公司，怎麼說也是實力不俗的，不用說別人了，就說你吧，一看到林董中天集團董事長的名片，馬上就一副見到了闊佬的樣子，不用他說要去你那邊投資，你就已經黏上去了，拼了命的巴結人家。」

傅華撓了撓頭說：「我有這麼差勁嗎？」

鄭堅說：「你以為呢，當時包廂裏是沒鏡子，不然的話，你就可以看到自己的齷齪樣子了。誒，小子，你如果這麼喜歡錢的話，乾脆跟我幹好了，我每年過手的資金絕對不止三十二億。你跟著我，不出三兩年，就算比不上林董，起碼也不需要在他面前這麼低三下四了。」

傅華笑說：「那我可不敢，我真的跟你幹的話，大概不出三兩年就會被你挖苦死了。你還是繼續說林董為什麼要拍這個地王吧。你第一個意思我懂了，這是一個很大的廣告效益，中天集團借這個廣告效益，公司級數一下子提高了很多，也會騙得一些不知情的人上當受騙。不過這些只是暫時的，他總是要兌現三十二億的資金吧，到時候拿不出來，他豈不是很慘？」

鄭堅笑了起來，說：「誰跟你說他一定是自己掏這筆錢了？地王其實就是在做一個炒作的局，高價拍地，把地塊的價格給炒作上來，就可以把地塊以很高的價格抵押給銀行，地塊的錢不就出來了嗎？」

傅華說：「銀行也不是傻子，能上這個當？」

鄭堅笑笑說：「銀行當然不是傻子，可是有些時候他們也不得不當這個傻子。」

傅華納悶地說：「為什麼啊？」

鄭堅說：「因為政府會出面給銀行壓力，這個地王遊戲實際上是對政府有利，地王抬高了周邊地塊的價格，也讓人們對政府下次的拍賣有了更好的預期，只要維持這個預期，政府將來就可以拍得更多的錢，所以政府是期望這個地王遊戲能順利進行下去的，絕對不能允許中間出什麼紕漏。如果可能的話，他們一定會讓銀行把款貸給中天的。」

傅華說：「那銀行如果不上這個當呢？現在銀行對地方政府也不是言聽計從的。」

鄭堅笑了笑說：「他也不怕，如果真的拿不出地價款來，他可以拖著，拖一段時間之後，就找一個說得過去的理由跟政府談判，要麼要求政府降價，要麼修改土地的容積率之類的，反正是要把地價降下來。」

傅華又問：「那如果政府就是不答應呢？」

鄭堅說：「那就退地啊，他頂多損失訂金罷了，政府卻無法承受由於退地所帶來的影響，最後不得不跟他妥協。」

傅華笑說：「我可真是大開眼界了，原來這個遊戲是這麼玩的。」

鄭堅笑笑說：「這裏的貓膩太多了。我是提醒你一下，不需要對那個中天集團人過看重了。」

傅華說：「那他找你談什麼啊？」

鄭堅說：「他是想讓我投資他們公司，他現在攤子鋪得很大，資金很緊張，急切想要得到資金投入。」

傅華說：「那他這樣子你還往裏投錢啊？」

鄭堅笑笑說：「你不懂我們這一行，我們是做風險投資的，別人的資金緊張，我們才有機會啊。再說他手裏有些項目很有價值。不是說他玩地王遊戲，他的公司就一無是處了；我跟你講，要玩這種遊戲，本身也要有一定實力的。我們現在正在考慮如何充實一下他的資金，改善他們公司的營運結構，讓他可以把公司運作上市。」

傅華說：「既然是這樣，說明這個中天集團還是有一定可取之處，那你還警告我什麼啊？」

鄭堅說：「我警告你，是希望你不要牽涉太多進去，商人都是以賺錢為目的的，往往會不擇手段，我看中天集團下一步很可能要去你們海川發展，你起個引路人的作用就好了，別把自己陷進去。」

傅華點頭說：「好，我心中有數了。」

下午回駐京辦，傅華找出了孫守義的名片，撥通了孫守義的電話，響了幾聲之後，孫守義接通了：「你好，那位？」

傅華笑笑說：「孫處長，您好，我是海川駐京辦的傅華啊，你還記得我嗎？」

「傅華，」孫守義重複了一遍傅華的名字，然後說：「哦，我想起來了，駐京辦的傅主任是吧？那次穆廣副市長來北京的時候，我們一起喝的酒。」

傅華笑笑說：「對對，你真是好記性。」

孫守義說：「傅主任找我有事啊？」

傅華說：「也沒什麼具體的事情，有段時間沒見到您了，就想約您出來吃頓飯，聚一聚。」

孫守義愣了一下，海川駐京辦的主任突然沒事由的想約他出去聚一聚，這可有點奇怪，難道這傢伙已經知道自己將要去海川任職了嗎？很可能，這些駐京辦主任在北京的人脈四通八達，很可能是他嗅到了某種氣味了。

孫守義倒不想拒絕傅華，就像傅華急於跟他接觸一樣，他也急於跟海川地方上的官員們接觸，想要瞭解一下未來他奮鬥的舞臺是什麼樣子的。

孫守義笑了笑說：「好哇，既然傅主任這麼看得起我，我當然是恭敬不如從命了。在什麼地方，還有什麼人會參加啊？」

傅華沒想到孫守義會這麼輕易就答應，心裏鬆了口氣，趕忙說：「我還擔心您忙不能來呢？」

孫守義說：「再忙，吃飯的時間還是有的，再說朋友盛情邀請，我怎麼好意思拒絕呢？」

傅華笑笑說：「那孫處長覺得在什麼地方比較好呢？」

孫守義笑笑說：「地方你定好了，要不就在你們駐京辦吧。你們不是有一家很好的海川風味餐館嗎？我倒很想要去嘗一嘗。」

傅華說：「我們是有一家這樣的餐館，可是感覺對您怠慢了些，不太好吧？」

孫守義笑了起來，說：「傅主任，我們算是喝過一次酒的人，你應該知道我並不是個矯情的人，和朋友吃飯也不一定非要到豪華飯店去，到小餐館換換口味也是一個很不錯的選擇，大家在一起高興就好。」

孫守義之所以表現得這麼熱絡，是他想拉近跟傅華之間的關係，好為他將來任職海川打好基礎。

傅華笑了笑說：「既然您這麼想，那我就讓海川風味餐館好好準備一下，不知道定在什麼時間比較好啊？」

孫守義笑笑說：「我看一下，誒，明天晚上怎麼樣？」

傅華笑笑說：「那就明天，我在駐京辦恭候您。」

孫守義說：「那行，誒，還會有誰參加嗎？」

傅華說：「還有一個朋友，是北京康盛集團的老總劉康，他很想認識一下孫處長，就想一塊來坐一坐。」

孫守義頓了一下，一個商人要加進來，事情就不那麼簡單了，商人是無利不起早的，要認識自己，肯定是牽涉到一些利益。

他警惕了起來，便笑笑說：「你這個朋友是不是有什麼事啊？」

傅華聽出了孫守義的猶豫，他知道孫守義在擔心什麼，就說：「沒別的事，他就是想認識一下孫處長您而已。」

孫守義卻不相信有這麼簡單，他笑了笑說：「人有點少啊，我們三個大男人在一起吃飯也沒什麼意思，要不這樣吧，我們都帶上夫人好不好啊？我還真想認識一下傅主任的太太呢。」

孫守義想，帶上太太，就可以更熱絡一點，卻不方便談什麼公事了，這樣就可以趨利避害了。

第四章

免疫力

多年的秘書生涯養成了他做事謹慎的風格，
這些年，也不是沒有女人投懷送抱的。
可是他都很理智地跟那些女人保持一定的距離，完全做到了潔身自好。
但是這麼多年修煉出來的免疫力，在林珊珊面前卻不堪一擊。

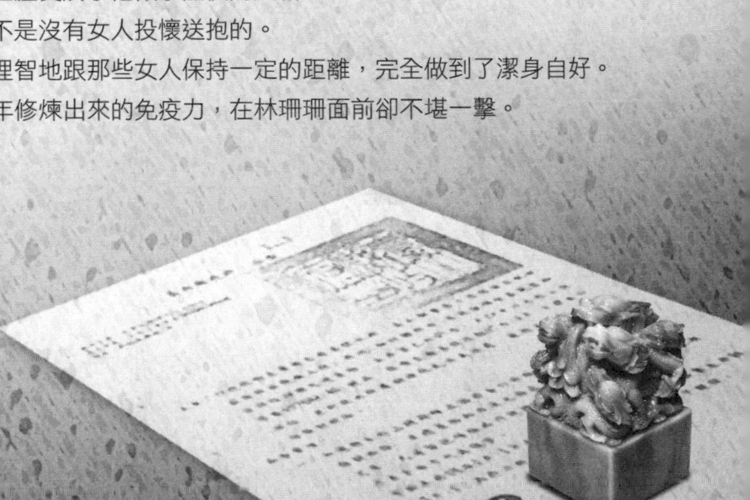

傅華沒想到孫守義會提出這樣子的建議，他明白孫守義在想什麼，太太在的場合，不論是喝酒還是談事，總是很難放得開的。這傢伙還真是一個謹慎的人啊。

不過這樣也好，傅華並不是很想為劉康創造行賄的機會，太太在場，劉康進一步的舉動就不好進行了，但自己介紹人的義務卻盡到了。

這倒是一個很好的安排，既然這樣子，何樂而不為呢？

傅華便答應說：「好啊，我也很想一睹孫夫人的神采呢。不過，我那個朋友仳離很久了，怕是不能帶女伴過來。」

孫守義笑笑說：「他帶不帶無所謂了。」

傅華笑說：「那我明晚就恭候賢伉儷了。」

「那就不見不散了。」孫守義笑笑說，掛了電話。

傅華撥了劉康的電話，說了孫守義的意思，傅華說：「我看孫守義是個很謹慎的人，到時候你要做什麼，可要知道點分寸，別弄過分了。」

劉康笑笑說：「放心吧，我知道分寸的。我找人打聽了一下，才知道這孫守義原來是跟中組部趙副部長的，有點來頭啊。」

傅華說：「那他說帶夫人來，你怎麼辦？你要不要帶個女伴？」

劉康想想說：「我一個老頭子就不用了，反正見面也就是聊聊天而已，我也不妨礙你們什麼。」

傅華說：「那就隨你了。」

第二天晚上，傅華和鄭莉、劉康早早就等在了海川大廈的大堂裏，孫守義的車到了之後，三人就迎了出去。

孫守義先開了車門下來，緊接著，一個女人從副駕駛座也下了車。看到這個女人，傅華、鄭莉、劉康三人都愣了一下，他們沒想到孫守義的太太會長得這麼醜。

傅華稍微一愣神，趕緊笑著迎了過去，他不能稍作耽擱，否則就會顯得很失禮。

傅華跟孫守義握手，笑著說：「您好孫處長，這位就是嫂夫人吧？」

孫守義介紹著說：「我太太沈佳。」

傅華這時注意到沈佳雖然長得不怎麼樣，但舉止之間卻落落大方，身上的氣質有點類似鄭莉和曉菲，這是一種從小就在優渥環境中成長起來才會有的大家風範。因此雖然這女人長得不怎麼樣，卻絲毫沒有一點自卑的樣子，舉手投足都讓人感到很舒服。

沈佳笑著伸出手來，說：「很高興認識你，傅主任。」

傅華跟沈佳握了握手，笑著說：「幸會，來我給兩位介紹，這位是北京康盛集團的董事長劉康。」

劉康跟孫守義和沈佳握了握手，互相問好。

孫守義上下打量了一下劉康，心中想：這個商人為什麼要參加今天這個晚宴呢？他跟傅華之間又是什麼樣的關係呢？

傅華接下來的話馬上就給孫守義解開了這個謎團，他說：「劉董的康盛集團在海川承建了海川新機場項目，因此跟海川很有淵源，我也是因此才跟他相熟的。」

孫守義明白了，這個商人原來是新機場的承建商，那他就有很多事務需要跟海川市政府打交道了，日後如果自己到任常務副市長，這個項目就在自己的管轄之下了。

看來這個商人不知怎麼知道了自己要去海川任職的內幕消息，這才找到傅華跟自己聯絡的。這些傢伙啊，還真是無孔不入。

傅華又介紹了鄭莉，沈佳過來拉著鄭莉的手，顯得很熱情地說：「鄭莉妹子，你跟傅主任真是一對璧人啊。」

鄭莉笑笑說：「沈姐太誇獎我們了。」

眾人就一起進了海川大廈。傅華早就讓餐館做了準備，從海川空運了不少新鮮的海鮮食材過來。

坐定後，傅華說：「嫂子，我們的海鮮都是當天空運過來的，我敢保證是最新鮮的，您今天可要好好嘗一嘗啊。」

沈佳笑笑說：「好哇，聽你這麼一說，我還真有些食指大動，看你們這餐館的裝修，感覺上就好像聞到了海味。其實，我去過你們海川，是有一年跟我父親度假去的，那裏夏天的氣候很宜人，不像北京這麼悶。海川也是一個很寧靜的城市，感覺上很舒緩，不像北京生活節奏這麼快。」

傅華聽沈佳這麼說，立刻就有一種親切感，人都是喜歡聽別人誇獎自己的家鄉，便笑了笑說：「小城市有小城市的溫馨。」

鄭莉笑笑說：「沈姐，我跟傅華去過那裏，我也很喜歡那裏的環境，也許將來老了，我會跟傅華過去定居呢。」

沈佳笑笑說：「是嗎？那裏確實很好啊，將來你們回去定居的話，說不定我們還有機會作伴呢。」

鄭莉詫異地說：「沈姐要跟我們做伴？難道你也想過去定居？」

孫守義趕緊咳了一聲，他去海川任職的事還在運作當中，他不想沈佳這時候就把這件事給說出來。

沈佳意識到自己的話說急了點，不過她是大戶人家出來的，見多識廣，應對這種情況很有經驗，就笑笑說：「我只是跟你們一樣，有那種到老的時候找個溫馨的小城定居的想法，海川是我很喜歡的城市，我很嚮往，所以將來很可能選擇去那裏定居。怎麼了妹子，不歡迎我啊？」

鄭莉笑笑說：「怎麼會不歡迎呢？如果到時候真的這樣，我們正好可以做個伴啊。」

劉康和傅華卻相互看了對方一眼，明白孫守義很可能將要去海川任職的事跟沈佳說了，因此沈佳才會脫口而出要去海川定居。

菜開始陸續送上來，傅華讓服務員開了海川著名葡萄酒廠的白乾，說：「這白乾也是海川的名產，跟海鮮是一個地方出的，搭配起來十分適合。所以我也不請示孫處長和嫂子了，我們今晚就喝這個吧。」

沈佳笑笑說：「傅主任的安排很好啊，同一個地方出來的東西才是最搭的，」

傅華說：「沈姐一看就是美食家啊，來，先嘗嘗這個海膽，這個需要趁鮮吃，放久就沒味道了。」

沈佳吃完，稱讚說：「這個海膽一吃，今晚就不虛此行了。」

孫守義也讚道：「確實不錯。」他正要繼續說些什麼，手機卻在此時響了起來，他看了看號碼，臉色稍微變了變，然後笑著說：「不好意思啊，我出去接個電話。」

沈佳愣了一下，說：「什麼電話啊？」

孫守義說：「部裏的領導找我，也不知道要說些什麼。」

「那就快去快回吧，這海鮮涼了可就不好吃了。」沈佳笑笑說。

孫守義拿著電話快步走出了雅間，找了個四處無人的地方才按了接通鍵。

林珊珊在電話那頭不高興的說：「你在幹嘛，怎麼這麼久才接我電話？」

孫守義說：「我跟我老婆在一起，不方便，你有事嗎？」

林珊珊說：「那你現在說話方便嗎？」

孫守義說：「我已經跑出來了，有什麼事啊？」

林珊珊興奮地說：「是有一件好事要告訴你。我跟你講，我父親已經決定要去海川考察投資了，這樣我就可以過去看你了，怎麼樣，高不高興啊？」

孫守義呆了一下，他心中並不是很想讓林珊珊過去海川的。他對海川的情形還是一知半解，尤其自己是個京派幹部，沒有一點根基，做什麼都要十分小心。這種狀態下，就是無風也會起浪，又怎麼能讓林珊珊這樣一個瘋瘋癲癲的人去那裏看他呢？這不是給人口實嗎？

孫守義有些不高興地說：「珊珊，別胡鬧了，我去海川是為了工作，你以為我是去玩啊？」

林珊珊總算找到機會可以過去會情郎，沒想到一開口就被孫守義說是胡鬧，一腔興致都被打了下去，就說：「怎麼，我去看看你都不行啊？」

孫守義說：「哎呀，珊珊，官場上有些事情你不明白，我新到一個地方，做什麼都要小心。聽我的話，你不要去了，你去我也是不能跟你見面的。」

林珊珊說：「你怕什麼啊，我會小心的，不會讓別人知道我們的關係的。」

孫守義說：「我說不行就是不行，好了，我要掛了，我老婆出來找我了。」

林珊珊還想說什麼，孫守義卻看到沈佳走出了包廂，往他這邊走來，就一下子按掉了電話。

沈佳走過來，看著孫守義說：「守義啊，跟你們領導說什麼說這麼長時間啊？人家傅主任他們都等著你呢，你這樣子很不禮貌啊。」

孫守義笑笑說：「沒事，我已經說完了，我們進去吧。」

沈佳邊走邊跟孫守義說：「守義，傅主任夫妻兩個人都很不錯，你如果真的去海川他們倒是能給你很好的幫助，你等會兒要跟他們好好聊聊啊。不過那個劉董，一身的江湖氣，你跟他交往要小心些。」

孫守義笑笑說：「好了，我知道了，幸虧有你在我身邊做我的賢內助，謝謝你了。」

沈佳微微笑說：「別這麼嘴甜了，我們是夫妻，你好我也就好。」

兩人回到包廂，孫守義趕緊舉起酒杯說：「不好意思，剛才部裏的領導囉嗦了一點，讓各位久等了。來，我敬各位一杯。」

傅華說：「孫處長不用這麼客氣，那也是工作嘛。」

孫守義說：「這杯不敬不行，剛才都被太太批評了。來，我先乾為敬。」

酒宴上的氣氛一整晚都輕鬆愉快，眾人也就是相互熟悉一下，沒什麼一定要說要辦的事，就很隨意。

結束後，傅華和鄭莉、劉康三人送孫守義夫妻離開。

鄭莉看兩人離開後，不禁感慨說：「不知道你們有沒有這種感覺，剛見面時，我還覺得沈姐配不上孫處長，可是接觸下來我才覺得，沈姐舉止優雅，談吐得體，各方面實際上都是在孫處長之上的。」

劉康笑說：「你一開始覺得他們不配，是因為你以貌取人，我的感覺跟你一樣，其實優雅的女人是勝過漂亮的女人的。要看一個男人成不成功，就要看他娶了一個什麼樣的太太，孫守義能有這樣一個老婆，我想他的為人做事也不會太差了。」

傅華聽了說：「這麼說，劉董覺得這個孫守義還可以了？」

劉康評論說：「這是一個外粗內細的人，行事謹慎，說話滴水不漏，不愧是跟過高級領導的人。至於究竟可不可以，還有待觀察，現在看不出來。」

鄭莉在一旁說：「你們倆這是在算計人家什麼啊？一副陰謀樣。」

傅華說：「小莉你不知道，傅說這個孫守義要去我們海川當副市長了。」

鄭莉笑說：「我說你們倆這麼巴結人家呢，原來是有內幕消息啊。」

劉康說：「沒辦法，我是被那個穆廣搞怕了，早些接觸一下新的副市長，早點建立起友好的關係，也方便我工作的進行。好了，時間不早了，我回去了。」

劉康就上車離開了，傅華和鄭莉也上了車準備回家。

在路上，鄭莉看著傅華問道：「傅華，如果我跟沈姐樣子長得差不多，你會不會娶我啊？」

傅華心說我才不會呢，沈佳雖說氣度雍容，舉止優雅，但是實在很醜，男人面對這樣的女人是很難提得起興趣的，不過這個答案卻不能講給鄭莉聽，便笑了笑說：「你們這些女人啊，怎麼老愛問些奇怪的問題啊？」

鄭莉說：「我好奇嘛，快點回答，不准閃躲問題。」

傅華笑笑說：「你想要我怎麼樣的回答啊？」

鄭莉說：「當然是老老實實的回答了，不准說好聽的討好我。」

傅華心說：女人都是口不應心，雖然鄭莉說不准說好聽的討好她，可真要是說了她不願意聽的話，她還是會不高興的。不過，這個答案還不能讓鄭莉感覺假，假了她也不會高興的，這就有些難度了。

傅華想了想，說：「如果說剛剛認識，還不瞭解你，我當然不會了；不過，如果時間長了，相互瞭解了，我一定會娶你的。」

鄭莉點頭說：「你的答覆我還算滿意，算你乖。」

傅華笑笑說：「你滿意就好。誒，換我問你了，如果我是一個很醜的男人，你會嫁給我嗎？」

鄭莉毫不考慮地說：「當然不會啦，雖然我不是很在乎一個人的容貌，可是很醜的話，看上去心裏會彆扭的，幸好你長得很帥。」

傅華笑說：「你們這些女人啊。」

鄭莉還擊說：「你別裝了，你以為我不知道你的答案是為了哄我開心的嗎？如果你心中真是那樣子想，為什麼你身邊的女性朋友都一個比一個的漂亮呢？」

傅華警惕地說：「誒，小莉，話題怎麼扯到我這裏來了。」

鄭莉說：「也沒什麼，隨口一說而已，其實不論男女都是喜歡漂亮的，誰不想身邊陪伴自己的是個賞心悅目的人呢？就這一點上，我還真是佩服那個孫守義，能接受得了沈姐。」

傅華說：「是啊，有些話口頭上說說容易，真要做起來怕是很難。」

鄭莉叮嚀說：「就衝這一點，傅華，如果孫守義真的出任海川的副市長，你可要配合好他的工作啊，這樣的男人很難得的。」

傅華笑笑說：「好的，我會的。」

孫守義一路上都在擔心林珊珊還會再打電話過來，他扣林珊珊的電話還是第一次，林珊珊是個任性的大小姐，他很怕她克制不住，會打電話過來罵他。

現在沈佳就在身邊，林珊珊打來的話，他顯然是不可能接的；可是不接，林珊珊絕不會善罷甘休，沈佳也會起疑心的。

妻子在自己這些年的仕途發展中，幫了很大的忙。沈佳是一個很聰明的女人，有很強的分析能力，常常一些單位上難解的事講給她聽，她總能很快就條理清楚地分析出該怎麼做。

自從有了林珊珊之後，他越來越擔心有一天妻子會看穿自己。

直到到了家，手機也沒再響，孫守義鬆了口氣，林珊珊總算沒有打來給他難堪。

夫妻倆都有些累了，回到家後，簡單的洗漱一番，就上床睡覺了。

不知道過去了多長時間，孫守義忽然感覺耳邊自己的手機鈴聲響了起來。他心裏一驚，馬上想到可能是林珊珊打來的，一下子坐了起來。

仔細聽聽，房間內除了妻子平穩的呼吸聲，一點其他的聲音都沒有。

孫守義苦笑了一下，自己這一晚神經被林珊珊鬧得高度緊張，竟然幻聽起來。轉頭再看看身旁的沈佳，沈佳並沒有被驚醒，依然酣睡如故。

孫守義輕輕地搖了搖頭，雖然他和沈佳結婚多年，孩子都上學了，可是他現在看到沈佳的臉，還是感覺很醜。

雖然很多人說：「在床上，女人關了燈都是一樣的」，孫守義也一度這麼認為，起碼在他跟林珊珊在一起之前是這樣認為的。

畢業不久，他為了前途跟沈佳走到了一起，他的第一個女人就是沈佳，因此他並沒有領略到女人真正的滋味。

直到認識林珊珊之後，完全改變了孫守義這個觀點。

那晚兩人在賓館中翻來覆去整整折騰了一夜，林珊珊層出不窮的花樣讓孫守義人開眼界，感覺自己前半生真是白活了。

當兩人筋疲力盡軟倒在一起的時候，林珊珊拍了拍孫守義的臉龐，說：「好女人是能讓男人瘋狂的。」

林珊珊確實是一個能讓孫守義瘋狂的女人，他一下子就陷了進去。

多年的秘書生涯養成了他做事謹慎的風格，這些年隨著地位的升高，也不是沒有女人為了某種目的投懷送抱的。可是他都很理智地跟那些女人保持一定的距離，完全做到了潔身自好。

但是這麼多年修煉出來的免疫力，在林珊珊面前卻不堪一擊，在第一次半推半就的上了床之後，他就食髓知味，經常瞞著沈佳跟林珊珊到賓館裏幽會。

每當這個時候，他就會把當初勸他接受沈佳的那個同學在心裏痛罵一頓。

午夜夢回時，孫守義偶而會想到自己當初如果不選擇沈佳，他現在會是什麼樣子？而他如果沒有認識林珊珊，他的人生又會少了多少的樂趣啊？不過這些都只是假設，人生是單行線，沒有回頭路給你走的。

孫守義翻來覆去好半天才再度睡了過去。

早上吃過早餐，孫守義去農業部，一上班就投入到工作當中。

忙到中午，手機響了，是林珊珊的電話，孫守義接通了，說：「昨天我掛你電話，你沒怪我吧？」

林珊珊故意說：「我怪了，你說怎麼辦？」

孫守義趕緊解釋：「珊珊，你聽我說，我老婆恰好在那個時候出來，我不掛不行。」

林珊珊笑笑說：「好啦，知道你怕老婆，我沒怪你，跟你開玩笑的啦。不過呢，敢掛我林珊珊電話的男人，除了我爸，你還是第一個，你看著辦吧。」

孫守義說：「你想要我做什麼啊？」

林珊珊說：「既然你昨晚陪了你那個醜老婆了，我要你今晚陪我，當做補償。」

孫守義為難地說：「晚上部裏有活動，我必須參加，不行啊。」

林珊珊說：「那中午陪我吃午飯。」

孫守義不好再說不了，便說：「好，我陪你就是了。」

兩人就約了地方。

見了面之後，林珊珊又提起了海川之行，她說：「守義，我爸爸真的是要去海川考察投資，你為什麼不准我去海川呢？說實話，我還真想去看看你做了副市長之後會是什麼樣子。」

孫守義看了林珊珊一眼，說：「哎呀，珊珊，你要我怎麼跟你解釋你才聽呢？就算你現在跟著我去了海川，我一個新接任的副市長也是無法跟你在海川幽會的，海川的人都在看著我呢！」

林珊珊無趣地說：「真沒勁，這樣不行那樣不行的，你這個副市長幹了還不如不幹呢。」

孫守義聽了說：「不幹這個，那我幹什麼啊？」

林珊珊說：「你就留在北京幹你的處長啊，這多好，我們還能經常見面。」

孫守義笑了笑說：「你真是孩子氣，男人總要有事業吧？如果只有兒女情長，那還算男人嗎？好了，別鬧脾氣了，大不了到時候我找機會回北京來看你好了。」

林珊珊勉強同意了，說：「既然你不願意我去海川，那也只能這個樣子了。」

孫守義安撫著說：「好啦，別嘟著嘴了，到時候我從海川帶海邊的好東西給你。」

林珊珊說：「這可是你說的。」

由於有了鄭堅的警告，傅華原本想要遊說讓中天集團去海川投資的心就淡了很多，雖然中天集團現在名頭很大，但是他不知道這名頭背後究竟有多大的實力支撐，如過真的像鄭堅所說的，林董玩的不過是一個局，他並不想被林董利用，成為中天集團在海川圈地的一枚棋子。

但是，雖然傅華不太想招攬林董，林董卻想招攬他，在那次吃飯的一周之後，林董就出現在了海川大廈。

林董之所以這麼對海川感興趣，實在是他對北京的房產市場有了幾分危機感。

作為商人，他很清楚這世界上沒有什麼商品是只漲不跌的，房地產也是一樣。現在北京的土地價格一個勁的飛漲，而房地產市場卻總有一天會由盛轉衰，就是為了未雨綢繆，也應該尋找一個新的市場。

現在北京的房地產商群聚，一百多家房地產商都集中在這塊區域，一塊地放出來，每家房地產商都想搶到手，狼多肉少，就算最後拿到手，也是元氣大傷。

就說這次拍下的地王吧，原本起拍價才五億六千萬，可是幾輪下來，金額就層層的往上漲，一下就過了三十億。

林董當時舉牌子的手都有些顫抖，最後是咬著牙根才舉到三十二億。那時候林董心裏就有要換個戰場的想法了。

傅華看到林董出現在自己辦公室，並不感到意外，按照鄭堅的說法，林董是想要運作中天集團上市，作為房地產企業，要上市，土地儲備是一個很重要的考核項目，而中天集團目前因為地王可能已經耗盡了手中的資金，他們再要在北京圈地幾乎是不可能的。於是像海川這樣子的城市必然會進入中天集團的視野。

海川在國內多少有些名氣，是介於二三線之間的城市，房地產業雖然也開始啟動，可是尚未像北京這樣火熱，對中天集團來說還是大有可為的。

傅華迎了過去，說：「林董啊，您怎麼來了？」

林董笑笑說：「我來拜訪一下傅主任，你這裏很不錯嘛。」

傅華說：「什麼不錯啊，比起中天集團怕是差遠了。」

林董說：「各有各的風格。」

傅華把林董讓到沙發那裡坐了下來，然後問道：「林董今天來有事嗎？」

林董說：「是這樣子，那天傅主任跟我聊起了海川的房地產市場，我很感興趣，回去讓公司下面的人搜集資料，研究了一下，感覺海川很可以有所作為，就想過來看看。你這裏應該有你們海川對外招商的一些資料吧？」

傅華不好把找上門來的林董往外推，就笑笑說：「上次您跟我說過之後，我就應該把招商資料送過去讓您看看的，還要等您上門來要，真是不好意思，我馬上找給您。」

傅華就把市裏最近的一些項目資料找了出來，交給林董，林董看了看，問了一下相關的訊息，然後就帶著資料說要回去研究，離開了駐京辦。

又過了一段時間，這天晚上，傅華接到劉康的電話。

劉康說：「傅華，孫守義的任職決定下來了，他確定將會出任海川市的常務副市長。你看看能不能安排一下給他踐行啊？」

傅華想了想說：「不用這麼趕吧？我想他這幾天有很多事情要忙，家裏面要安排，農業部的同事也要送行，有沒有時間都很難說。」

劉康聽了說：「這倒也是，要不我就等他任職後，去海川拜訪他好了。」

傅華說：「可以啊。不過，我倒是要先打個電話過去祝賀一下，也看看他有沒有什麼事要我做的。」

劉康點點頭說：「這是應該的。」

傅華就撥電話給孫守義，傅華說：「孫處長，我要向您表示祝賀啊。」

孫守義笑笑說：「我就知道你消息靈通，不過我任職的人事決定還沒正式公佈，你不要對外面的人講。」

傅華說：「我知道，我不會隨便亂講的。我打電話來，主要是想問一下，您現在要去海川任職，家裏這邊需不需要我們駐京辦做些什麼？」

孫守義笑笑說：「沒什麼需要的，你嫂子那個人個性很獨立，家裏她會打點好的。」

傅華說：「如果需要什麼，您儘管說，我們駐京辦也有義務安排好您的私人生活的，千萬不要客氣。」

孫守義說：「行，有需要的話，我會讓你嫂子打電話給你的。先謝謝你了。」

傅華笑笑說：「這是我們應該做的。」

孫守義掛了電話，一旁的沈佳看了看他，問道：「誰啊？」

孫守義說：「是海川駐京辦的傅華，這傢伙消息倒挺靈通的，已經知道我要去海川任職了。」

沈佳說：「駐京辦的人知道消息也很正常，我估計上次請你，就是他已經聽到這個風聲了。」

孫守義說：「我也是這麼認為。」

沈佳說：「好了，趕緊收拾一下出門吧，趙老還在等著我們呢。」

原來孫守義和沈佳今晚是準備去看趙老的，孫守義離京在即，於是打算去看一下趙老，看看趙老對他還有沒有什麼叮囑的話。正要出門的時候，就接到了傅華的電話。

兩人去了趙老的家，趙老看到沈佳很高興，說：「小佳，我把小孫打發到外地去，讓你獨守空閨，你有沒有在背後罵我這個老傢伙啊？」

趙老跟沈佳一家人關係很好，沈佳從小就經常出入趙老家，因此趙老跟沈佳很熟悉，一向稱呼沈佳為小佳。

沈佳笑了起來：「老爺子，您這是說哪裡去了？你這不也是為了守義好嘛，我怎麼會怪您呢。」

趙老笑笑說：「你不怪我就好，我正擔心這一點呢，讓小孫到地方上任職，雖然對他將來的發展很有好處，不過就是苦了你了，一個人留在北京還要帶孩子。」

沈佳說：「這些對我來說沒問題的。」

趙老看了看孫守義，說：「小孫，你看小佳對你的工作多支持啊，你過去海川之後，可要努力工作，做出點成績來，才對得起她。」

孫守義點了點頭，說：「老爺子，這您放心，我去之後一定會努力，不會讓你和小佳失望的。」

趙老點點頭說：「最好是這個樣子。小佳，你先在外面坐一下，我跟小孫去書房說幾句話。」

沈佳答應了，說：「好，我在外面跟阿姨聊聊天。」

沈佳就陪著趙老的夫人在外面聊天，孫守義跟著趙老去了書房。

坐定後，趙老看看孫守義，嚴肅地說：「小孫啊，你知道你這一次下去我最擔心什麼嗎？」

孫守義說：「什麼啊，老爺子，您有什麼話就說吧。」

趙老說：「我最擔心的是你在女人方面把持不住自己。」

第五章

同一陣線

孫守義感覺應該選擇跟張琳站在同一陣線，
因為他是一把手，資源和人脈的掌握上都勝過金達。
其次，作為一個常務副市長，跟市長也是一種一把手跟二把手的關係，
選擇跟張琳站到一起，也可以多一點對抗金達的底氣。

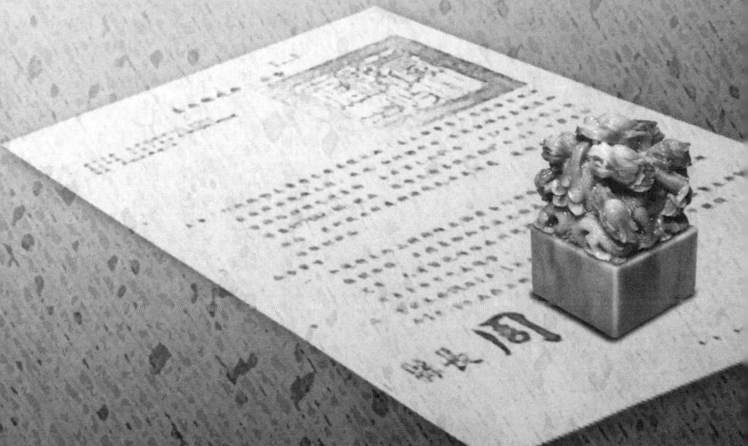

孫守義心裏驚了一下，趙老怎麼這麼說，難道他知道了什麼？他尷尬的笑了笑，說：「老爺子，這麼多年您都是看著的，我什麼時候在女人方面有把持不住的時候了？」

趙老說：「你這些年行為是很檢點，不過呢，那都是沈佳在身邊，我們這些老的也都看著你的關係。」

孫守義說：「老爺子，您這麼說是信不過我啊？」

趙老笑笑說：「我不是信不過你，我是信不過天下的男人，我也年輕過，知道男人們的心理是怎麼樣的。說句實在話，單從樣貌上看，小佳是配不上你的，你能接受她，我想很大部分是因為她的父親。她父親和我這一代人已經老了，逐步都要退出政治舞臺了，而你呢，如日東昇，正是最好的時期，又離開了沈佳的身邊，海川那邊如花似玉的女子多得是，難免你不會動花花腸子。」

孫守義尷尬地說：「老爺子，看您這話說的，好像我跟小佳這麼多年夫妻相處下來，一點感情都沒有似的。」

趙老眼神銳利的看了看孫守義，看得孫守義有些心虛的低下了頭。

他冷笑一聲，說：「我不能說你們夫妻之間就沒感情，可是那一點感情恐怕不能扛得住外面狂蜂浪蝶對你的誘惑。這些天，我對那個穆廣的案情多少瞭解了一下，很多人都說穆廣是個好丈夫好父親，甚至是個好幹部，在他殺害情人之前，很多人都覺得他是個很優秀的官員。像他這樣優秀的官員，又怎麼會變成這個樣子的呢？還不是因為他有了情人，有了情人之後，他開始貪污受賄，追求享受，也正因為有了那個女人，他才墮落成一個殺人犯。雖然他現在還沒被抓到，不知道他為什麼會殺害包養的情人，可是大概也可以猜個差不多，肯定是他無法滿足情人的貪婪，才會鋌而走險殺人害命的。這一點，我倒挺理解他的，男人嘛，看到如花似玉的美女，又怎麼能控制住自己的欲念呢？控制不住，就容易犯錯誤。」

孫守義後背冒起汗來，他感覺趙老似乎說的就是他和林珊珊的事，他乾笑了一下，說：「老爺子，別的男人我是不知道，但我你就放心吧，我絕不會像穆廣那樣子的。」

趙老嚴肅地說：「我希望你能說到做到。小孫，如果你想做一個成功的官員，有一點你必須要做到，那就是你必須克制住自己的欲念。被欲念戰勝的男人是野獸，只有戰勝欲念的男人才是真正的男人，也才能真正的成功。這點你要切記。我警告你啊，雖然你去東海了，可是你在那邊的一舉一動我都可以掌握到的，如果被我知道你在那邊發生了什麼花花事，我可不會饒你。小佳從小是我看著長大的，你如果傷了她的心，我能把你一步步提拔起來，也可以把你毀掉。你跟了我那麼多年，應該知道我是能說到做到的。」

孫守義額頭的汗流了下來，他乾笑著說：「我一定記住您今天的警告，絕不敢做出對不起小佳的事情來的。」

趙老說：「記住就好，其實小佳除了長得沒那麼漂亮之外，各方面都是很優秀的，你如果是個聰明的男人，一定會懂得珍惜她的。」

孫守義點點頭說：「老爺子您說的很對，小佳在各方面對我的幫助很大。」

趙老說：「好了，我想叮囑你的就是這一點。東海那邊你就放心去吧，我專門跟郭奎又通了一次電話，特別把你託付給他，他說一定會照顧你的。所以，只要你好好做，在東海的發展前途是很光明的。」

孫守義說：「那我就放心了。不過老爺子，您去瞭解穆廣的事情，可知道穆廣的案子進展的如何了？」

趙老看看孫守義說：「穆廣沒被抓到，主犯沒到案，案子就懸在那裏了，也沒什麼進展。怎麼了？」

孫守義有點擔心地說：「您說穆廣會不會跳出來跟我搗亂啊？」

趙老說：「他跟你搗什麼亂啊？難不成你跟他還有別的事情？」

孫守義搖搖頭說：「那倒沒有，不過我擔心他在海川突然被抓到了，會對我有所影響。」

趙老說：「就算他被抓到，也只能把事情往我身上推，我認真想了一下，對你問題倒是不太大，你見機行事就好了。」

孫守義撓了撓頭，穆廣的行蹤懸而未定，對他來說也是一個不確定的隱憂，便說：「這傢伙也真有本事，竟然躲了這麼久還沒被抓到。」

趙老訓斥說：「別去管他了，安心做你的事情就好了。」

孫守義想想，現在也只好如此了，就沒再說什麼了。

孫守義和趙老走出書房，沈佳站了起來，說：「老爺子，你教訓完了？」

趙老笑笑說：「沒有，教訓什麼，小孫這麼大了，很多事情自己明白的。你們早點回去吧，小孫要去東海了，你們肯定還有很多事情要準備，回去忙你們的吧。」

孫守義和沈佳就告辭離開了趙老家。

在車上，沈佳問孫守義：「守義，趙老剛才跟你說了什麼，我怎麼看你出來的時候臉色不太好啊？」

孫守義笑笑說：「老爺子很嚴厲的警告了我一頓，他擔心你不在我身邊，我會抵抗不了別的女人的誘惑。」

沈佳笑了起來，說：「這一點老爺子就沒我瞭解你了，我相信你不是那樣子的男人的。」

孫守義說：「小佳，你就真的這麼信任我？」

沈佳笑笑說：「我們這麼多年夫妻了，你是個什麼樣子的人我還不清楚？你要是有這種心思，這些年你早就有了，也不會等著去東海才有。」

孫守義心裏愧疚了一下，沈佳這麼信任他，卻不知道他早已有林珊珊了。

孫守義伸手握了握沈佳的手，說：「小佳，謝謝你這麼信任我。」

沈佳反握住孫守義的手，說：「都老夫老妻了，謝什麼啊。」

孫守義沒再說什麼，心中卻想：自己跟林珊珊的關係應該要停下來，不能繼續往下發展了，要是真有什麼風聲傳到趙老的耳朵裏，他怕是要吃不了兜著走了。

接下來幾日，中組部正式找孫守義談了話，他要去海川任職的消息就傳開了，陸續有同事和朋友設宴向他道賀。孫守義接連醉了幾天，林珊珊的事就被擱置在一邊了。

就在要出發去東海的前一天，孫守義已經把行囊都準備好了，就留在家裏陪沈佳吃午飯，算是臨行前陪陪妻子。

沈佳有些不捨孫守義去東海，結婚這麼多年，夫妻倆還從沒兩地分居過，現在丈夫就要遠行了，她忙裏忙外做了一桌子的菜，準備好好全家人吃頓團圓飯。

沈佳又開了瓶紅酒，給孫守義和自己各倒了一杯，給兒子也倒了杯飲料，沈佳端起酒杯，說：「來，兒子，我們一起祝爸爸到海川去一帆風順，鵬程大展。」

兒子端起了飲料，跟孫守義碰了一下杯子，說：「爸爸，我們乾杯。」

孫守義疼愛的看了兒子一眼，說：「好的，我們乾杯。」

孫守義端起酒杯喝了一口，剛要說什麼，他的手機響了起來。

沈佳說：「是誰啊，你都要離開北京了，還要找你？」

孫守義拿起手機，一看號碼臉色就變了一下，原來是林珊珊，這個女人怎麼這時候打電話來啊？沈佳正看著他呢，這讓他怎麼接啊？

可是又不能不接，就接通了電話，開口就說：

「是小李啊，我在家裏跟老婆吃飯呢，你的事我跟處裏都交代好了，有什麼事你就找處裏好了，我明天就要去東海了，你的事情不再歸我管了。好了，就這樣。」

孫守義說完，馬上就掛了電話，然後把手機放在桌子上，對沈佳說：「一個朋友找我在部裏給他辦點事。來，別管他了，我們繼續。」

沈佳有些擔心地看了看孫守義，說：「你真的把人家的事情都交代好了？」

孫守義笑笑說：「我做事一向有頭有尾，小李的事我已經交代了下去，只是這幾天忙，沒時間跟他說一聲。肯定是他找到部裏去，知道我要離開了，才會打電話來的。」

沈佳說：「那就好，別耽擱了朋友的事情。」

孫守義說：「不會的。」

一家三口就繼續熱熱鬧鬧的吃起飯來，林珊珊倒也知趣，知道孫守義跟老婆在一起，也沒再打來騷擾他。

吃完飯後，孫守義說：「我突然想起來我還需要買點東西，我出去一趟。」

沈佳不疑有他，就說：「那你早點回來。」

孫守義離開家，出門開車走了一段時間，這才打電話給林珊珊，說：「珊珊，你找我幹什麼？」

林珊珊埋怨說：「守義，你這傢伙可真是夠狠心的，我打電話去你們處裏，才知道你明天就要離開北京了，也不跟我道個別。你也不想想，你這一走，我們不知道什麼時候才能再相聚啊。」

孫守義苦笑說：「我這幾天要交接工作，又有不少的朋友送別，忙都忙死了，根本就抽不出時間來。」

林珊珊抱怨說：「那你就準備不聲不響的離開北京啊。」

孫守義找了個藉口說：「我準備等去了海川，再打電話跟你說的。」

林珊珊說：「你怎麼這麼壞啊，人家還想跟你聚一次呢，你就這麼走了，讓我心裏空落落的。」

孫守義說：「不行啊，我沒辦法跟你相聚的，我老婆這幾天知道我要走了，一直跟在身邊，我根本就抽不出身。」

林珊珊怒說：「你就知道你老婆，你就一點不想我啊？」

孫守義只好安撫她說：「我怎麼不想啊，可是真的不行啊。珊珊，你聽話，我去海川一段時間，就會盡快找機會回來，那時候我們再好好聚一聚。」

林珊珊卻說：「不行，我想在你走之前見見你，你在哪裡？我馬上過去。」

孫守義知道自己不能跟林珊珊見面，沈佳還在家裏等他，時間這麼匆忙，他害怕忙中出錯，暴露了他跟林珊珊的出軌，趙老才剛警告過他，他可不敢在這個時候頂風而上。

林珊珊家雖然有錢，可是他並不敢把這視為一種依靠，一來他跟林珊珊是不倫之戀，他有婦之夫的身分能不能被林珊珊的父親接受都很難說；二來，就算是林珊珊的父親能接受他，有錢人的嘴臉他不是不瞭解，失去了官場地位的他，就等於是一隻喪家之犬，在林珊珊的家人面前根本就抬不起頭來，那時候就算他跟林珊珊有結果了，他的人生也是沒有趣味的。

所以孫守義根本就沒有把他和林珊珊關係曝光轉正的想法，他已經不是剛出茅廬的小夥子了，他知道現實是什麼樣子。

孫守義陪笑著說：「珊珊，不行啊，我是偷跑出來的，我沒時間跟你見面。你聽我的話，我一定盡快找機會回北京來跟你見面，到那時候再補償你好不好？」

林珊珊卻仍使著大小姐脾氣說：「我現在就想見你嘛，不行，既然你都偷跑出來了，也不差那點時間的。」

孫守義卻打定主意不見林珊珊了，此刻他渴望的不是林珊珊的身體，而是平穩地度過去海川任職前的這段時間。

林珊珊對他的糾纏，也讓他有些厭煩，便說：「別鬧了珊珊，我必須馬上回去，我兒子和老婆都在家裏等著我呢。」

林珊珊知道再央求下去，孫守義也不會出來見她了，就發狠說：「行，你如果不想再見到我，那就回去，我們分手算了。」

孫守義有點惱火，他覺得這個女人簡直不可理喻，甚至變得強勢起來，話語中還有要控制他的意味，這可不是他想看到的，他喜歡的是柔情蜜意，能讓他感到舒服的女人，他可不想再找一個像沈佳那樣，處處想對他指手畫腳的人。對沈佳，他必須依靠她背後的實力，對林珊珊，可就沒這種必要了。

想到這裏，孫守義便語氣生硬地說：「珊珊，如果你非要這麼逼我，那我也沒辦法，你愛怎樣就怎麼樣吧。」

孫守義說完就掛了電話，把林珊珊晾在那裏。

他害怕林珊珊再打電話過來，索性關了手機，然後調轉車頭往回開，心裏罵道：這個女人真是不知所謂，以為什麼人都可以來命令我啊？

到了家門口，孫守義冷靜了一下，估計林珊珊應該不會打電話來了，重新把手機打開，等了一下，林珊珊果然沒有電話過來，這才回了家。

沈佳看孫守義空著手回來，不禁問說：「守義，你不是說要去買東西嗎？」

孫守義笑笑說：「我看了看，也沒什麼特別想買的，反正估計海川也會有，還是過去再買吧。」

沈佳走到孫守義的身邊，說：「守義，你是不是馬上要離開北京，心裏有些不適應啊？」

孫守義心裏還真是有些惆悵，不過倒不是因為要離開北京，而是和林珊珊面臨分手，心裏還是有很多不捨，畢竟林珊珊給了他許多快樂，他不知道何時才會再有機會遇到這種女人。

孫守義笑了笑說：「還真是啊，一下子要離開你們到外地去生活，還真是有點不適應。」

沈佳說：「你別這個樣子，你這個人是個工作狂，我估計你接手工作之後，很快就沒這種不適應感了。」

孫守義點點頭，說：「也許吧。」

第二天，在首都機場，傅華和沈佳都來給孫守義送行，臨進安檢之前，孫守義握了握傅華的手，說：「傅主任，這時候我不說什麼客氣的話了，我離開北京，家裏沒有男人，就拜託你照應了。」

傅華笑笑說：「孫副市長，這您就不用擔心了，駐京辦會幫您做好服務工作的。」

一旁的沈佳看著孫守義，心裏充滿了柔情，說：「你安心上飛機吧，我能照顧好自己。你到了那邊，可要保重身體，你就不用擔心我了，也不要給傅主任添麻煩。」

傅華趕忙說：「嫂子，這不是添麻煩，我們駐京辦本就有責任照顧好領導的家屬，有什麼需要，您就儘管打電話給我好了。」

沈佳笑笑說：「好，如果真的有事再說，好嗎？」

傅華陪著沈佳在外面看著孫守義通關之後，對沈佳說：「嫂子，孫副市長已經進去了，我們回去吧。」

兩人就往航站外走。

傅華對沈佳說：「嫂子，我看你和孫副市長真是伉儷情深啊。」

沈佳笑笑說：「那倒是，我們結婚這麼多年，還沒紅過一次臉呢。」

傅華沒想到夫妻兩人感情竟然這麼好，便說：「真是令人羨慕啊。」

沈佳看了傅華一眼，說：「你跟鄭莉也做不到吧？」

傅華點點頭，說：「是啊，我們倆都有點小脾氣，有時候急起來難免也會吵架的。」

沈佳說：「你還是多讓著她一下，鄭莉這麼好的女孩，你要懂得珍惜。」

傅華說：「我知道，嫂子。」

沈佳頓了一下，說：「傅主任，我們不算是第一次見面了，我覺得你是一個很好的朋友，有件事，我想拜託你一下。」

傅華笑笑說：「嫂子，你想讓我做什麼，直說就是了。」

沈佳看了看空中起飛的飛機，然後說道：

「傅主任，這一次中組部選中了我們家守義，守義對海川並不熟，他孤身一人去那兒，我怕他很難開展工作。你雖然在北京，可你總是海川過來的，對海川地面熟悉，我看你跟守義的關係也不錯，是否可以多介紹一些朋友給他？」

傅華愣了一下，他本以為沈佳要他幫忙的是北京家裏的事，沒想到沈佳一心只放在丈夫身上，擔心的還是遠去海川的丈夫。

傅華笑笑說：「那邊的張琳市委書記和金達市長都是很正直的幹部，他們對孫副市長一定會很歡迎的。至於介紹朋友，這要看孫副市長自己的意思，我貿然地介紹朋友給他，他不一定會接受的。」

傅華上次介紹劉康跟孫守義認識，已經覺得孫守義不是很接受了，如果再貿然介紹人給孫守義，孫守義心裏不知道會怎麼想呢。

沈佳看了看傅華，她也是見過世面的人，知道傅華可能是因為見他們上次對劉康不太熱情，怕再介紹別人，孫守義會怪罪他，所以才如此謹慎，就笑了笑說：

「傅主任，上次我們對你那個朋友並不是太熱絡，可能讓你有些卻步了，那是因為那個劉董我怎麼看都覺得不舒服。他身上有一股匪氣，讓人感到很不安。我始終覺得他跟你不是一路上的人，不知道你們是怎麼認識的？」

傅華暗自讚嘆沈佳眼光的犀利，這個女人還真是不簡單，竟然能看出自己跟劉康不是一路的人，便說：

「嫂子，你這話說到重點上了，我跟那個劉董說起來還真不是一路上的人，我們曾經鬥得你死我活，但也正因為這樣，我和他也算是不打不相識。他現在老了，行事風格也改了很多。我介紹他給孫副市長認識，是因為他在海川有一個工程，之前受過前任分管領導很多的氣，他得到孫副市長要去海川任職的消息後，就讓我幫他介紹，算是提前打個招呼吧，他想先把關係搞好了，以後孫副市長上任就不會太難為他了。」

沈佳點點頭說：「這點你可以替我捎話給劉董，讓他不用擔心，我們家守義絕不會為了勒索什麼的，而去刻意難為他，你讓他搞好工程就好了。」

傅華笑笑說：「好的，回頭我會把話帶給劉董的。」

沈佳又說：「我是希望你多介紹一些像你這樣的朋友給他，他去海川是想真正做點事，沒有人幫他是不行的。像你這樣子的人，就是能幫他的人。」

傅華聽了說：「看來嫂子瞭解過我了？」

沈佳笑笑說：「當然了，我可是知道你的豐功偉業的，海川大廈是在你手裏建起來的，海川不少重要的項目也都是你拉去的，甚至傳說你們市長金達之所以能順利接任市長，與你的幫助也有很大的關係。」

傅華搖搖手說：「那只是傳說，能接任市長那是金市長本人就有那個才能，我何德何能，能讓他接任市長啊。」

沈佳笑說：「看來你是不知道我父親的來歷了，我跟你透個底吧，我父親是趙老的得力部下，他在你們東海也有不少朋友。你現在不會再跟我說是什麼傳說了吧？」

傅華心想：這個沈佳果然出身背景很深。不過，他可不能把金達接任市長的功勞攬到身上來，這要傳到金達的耳朵裏，那樣金達不知道會怎麼想他呢。

他說：「難怪我和小莉一看到嫂子，就覺得您氣度非凡，原來是名門子弟啊。其實這還真是傳言，主要是金市長那時候在黨校學習，我跟他來往比較頻繁些，很多人就說我幫他東山再起，這真是沒有根據的事。」

沈佳說：「傅主任，你以為我不知道鄭莉的爺爺就是鄭老嗎？鄭莉那樣才算是名門子弟。好了，我知道金市長有他自己的努力在，但你也給了金達很大的幫助。我也瞭解了一下金達這個人，算是一個肯幹事的人，這一點他跟守義很像，他們基本上算是同類，既然你肯幫助金達，也可以幫幫守義嘛。」

看沈佳這麼誠懇地拜託他，傅華自然不能再說什麼，便笑笑說：「嫂子，我不敢說一定能幫孫副市長什麼忙，不過只要孫副市長需要，我能做的，一定會做的。」

晚上，傅華回到家，跟鄭莉談起了沈佳。

經過今天在機場的那番交談，他對沈佳的印象更好了，他甚至有一種感覺，上天對沈佳是不公平的，讓這樣一個能幹賢慧的人被放進了如此不起眼的外殼之中。

傅華感慨地說：「小莉，我覺得沈姐真是一個很好的女人，她今天跟我聊了很多，腦子裏想的都是孫守義去海川如何發展的事，孫守義當初選擇她做另一半，真是很有眼光啊。」

鄭莉聽了，質問說：「你這話什麼意思啊，你羨慕沈姐能幫助她丈夫，是不是說我沒有沈姐那麼好啊？」

傅華趕忙說：「我可沒這個意思啊，我只是今天聽沈姐談了那麼多，有點感慨而已。」

鄭莉卻持不同意見，說：「我倒不這麼覺得，我反而覺得沈姐為孫守義想得太多了一點，換到是我為你想這麼多，你願意嗎？」

傅華愣了一下，他沒有從這個角度上想過，鄭莉說的也不是沒有道理，如果鄭莉像沈佳一樣，處處為自己的工作操心，自己也許反而會覺得被干涉的太多。

他看了看鄭莉，說：「小莉，你是說孫守義不一定會喜歡沈姐管這麼多？」

鄭莉笑笑說：「是男人都不會喜歡吧，除非他有戀母情結，喜歡處處依賴女人。」

傅華聽了，笑說：「這倒也是，叫你這麼一說，我覺得沈姐還真是有點管得太多了，像我已經一再跟她表明態度，說一定會盡力配合孫守義的工作了，她還是不停地講這件事，讓我都覺得她有點囉嗦了。」

「不過，我看他們夫妻感情很好，沈姐說，他們結婚這麼多年，從來都沒紅過臉呢。」傅華接著又說。

鄭莉不以為然地說：「你是不是又羨慕人家了？從來都沒紅過臉就叫好夫妻嗎？你沒聽過一句俗話，說世界上沒有不吵架的夫妻嗎？夫妻不吵架還能算是夫妻嗎？我們偶爾也吵架，是不是我們就不是好夫妻了呢？」

傅華笑了起來，說：「那倒不是，有時候吵吵架倒是可以增加一點夫妻的情趣。」

傅華和鄭莉偶爾也會鬧鬧彆扭，可是鬧過之後，兩個人感情反而更加甜蜜。

鄭莉說：「是吧，我覺得夫妻結婚這麼長時間不吵架，只有兩種可能，一是真的愛極了對方，一是怕極了對方；傅華，你覺得沈姐和孫守義這對夫妻應該算是哪種情況呢？」

傅華覺得孫守義絕對不可能是愛極了沈佳，那唯一的可能就是怕極了她，便說：「小莉，你覺得他們夫妻實際上是有問題的？」

鄭莉點了點頭，說：「很多事並不像你想的那麼完美，那天和他們夫妻見過面，我就有種感覺，他們夫妻很不協調，孫守義那麼帥的一個人，怎麼會選擇沈姐呢？如果說他看上的是沈姐的品德，我是不相信的；但你剛剛說沈姐的父親是趙老的老部下，我就明白了，他會選擇沈姐，是因為衝著沈姐家的權勢來的，所以他才會畏懼沈姐，才不敢跟沈姐吵架的。」

鄭莉這麼一分析，傅華覺得不無道理，便說：「這麼說，我對他們夫妻就沒什麼羨慕的了，人生就短短幾十年，還是活得逍遙自在一點比較好。」

鄭莉笑著扭了一下傅華的耳朵，說：「我們本來就不需要去羨慕他們啊，知道嗎？」

傅華點了點頭：「知道了，老婆。」

孫守義飛到了東海省省會齊州市。在齊州住了一晚之後，省委書記郭奎親自接見了他。

一見面，郭奎就熱情地跟孫守義握了握手，說：「守義同志，歡迎你來我們東海省。」

孫守義知道是因為趙老的面子，郭奎才會親自見他，便恭敬地說：「謝謝郭書記。」

郭奎把孫守義讓到沙發上坐下，然後說：「好久沒見趙老了，他老人家現在身體怎麼樣？」

孫守義說：「挺好的，老爺子還讓我給您帶好呢。」

郭奎笑笑說：「那謝謝他了。他特別打電話給我，說對你很欣賞，跟我說你是一個有德有能的幹部，在農業部做得很好。」

孫守義客氣地說：「那是趙老誇獎我呢，有些誇大其詞了。」

郭奎笑笑說：「也不盡然，我看了組織部對你的考評，對你的評價很好。我們很歡迎像你這樣優秀的幹部來東海工作，相信你一定能把很好的工作經驗帶到我們東海來，讓我們東海更上一個臺階。」

孫守義趕忙謙虛說：「郭書記您這麼說我就不好意思了，我來東海是抱著學習的態度來的，希望能跟東海的領導和同志們學習如何做好地方上的工作。今後如果我有什麼地方做得不好，甚至錯誤的地方，還請郭書記多多給我批評指正。」

郭奎對孫守義這樣表態很滿意，這傢伙不愧是趙老帶出來的，分寸拿捏得很到位，一點都不擺中央部委的架子。

實際上，郭奎對孫守義來東海任職是有些擔心的，他擔心孫守義會覺得他是北京來的，身分高人一等，對地方上的官員們會不夠尊敬，這樣的話，他將很難和金達配合好，那今後的工作就會受到極大的影響。現在看到孫守義態度這麼謙遜，他心裏多少放心了一點。

郭奎稱讚說：「守義同志，你有這個態度是很好的，中央和地方各有所長嘛，我們相互學習。」

接下來，郭奎便講了海川市的現況，又介紹了市委書記張琳和市長金達的工作作風和個人特點，然後說：「守義同志啊，我相信你到海川之後，一定會跟海川市班子裏的同志配合得很好的，期待你們合作愉快。」

孫守義笑笑說：「郭書記請放心，我一定會配合好金達同志的工作，聽從他的領導的。」

談話到這裏基本上就可以結束了，郭奎便站了起來，說：「那就這樣吧，明天我讓省組織部吳部長送你去海川，我就不送你了。祝你工作順利。」又跟孫守義握了握手，將他送出了門。

第二天，省組織部吳部長帶著孫守義到了海川。張琳和金達立即對他表示了歡迎。

孫守義打量著表現得很熱情的張琳和金達，他並沒有忘記穆廣之前說兩人合起來排擠他的事，心想：這兩個人究竟是什麼樣的人？他們之間又是一種什麼樣的關係呢？

一把手很多時候是從二把手上升起來的，因此自然而然的就會防備二把手奪走他一把手的地位；而一把手始終把持著位置不動的話，二把手就很難有出頭的機會，所以一把手如果不能排擠掉一把手，就會始終處於一種被動的地位，是一個輸家。

所以理論上，一二把手通常是互相看對方不順眼的。

但是也不排除一二把手通力合作的情況，這種情況可能是一二把手都懂得謙讓，知道各自權力的分野在什麼地方，或者他們已經達成了某種權力分贓的默契，才能保持一定程度上的權力平衡。

或者二把手本身比較懦弱，沒有能力挑戰一把手的權威，他就會謹守本分，不去跟一把手爭。

孫守義來海川前，曾跟沈佳探討過這個問題。他們都傾向於認為張琳和金達是相互之間都懂得謙讓，彼此都得到了各自的利益，才保持著一定程度上的和諧。

而穆廣之所以會受排擠，可能就是因為傷害了這兩個人的利益。

想明白了張琳和金達之間的關係，下一步就是在這二者之間如何取捨，如何定位自己的位置了。

在官場上，人跟人是一門很深的學問，跟對人的話，做什麼都是事半功倍；而跟錯人，則往往是致命的，因為很可能這輩子的仕途就被終結了。

本來孫守義感覺應該選擇跟張琳站在同一陣線，因為他是一把手，資源和人脈的掌握上都勝過金達。其次，作為一個常務副市長，跟市長也是一種一把手跟二把手的關係，這種關係很微妙，選擇跟張琳站到一起，也可以多一點對抗金達的底氣。

不過，在見過郭奎之後，孫守義改變了主意，他覺得還是應該抑制住自己的野心，不要去跟金達爭鬥，反而應該跟金達好好配合。郭奎主政東海應該還有一段時間，這種強勢的領導是不會允許別人挑戰他的權威的。

更何況郭奎已經用友好的態度對他，給足了他面子，他如果再不識相就不好了。

送走吳部長之後，海川市政府秘書長黃小強把孫守義送到了他的辦公室。

這間辦公室原來是穆廣用的。穆廣的東西已經撤掉了，不過還是能看到原來用過人的痕跡。

黃小強說：「孫副市長，您看這間辦公室有什麼不滿意的地方，我們可以重新裝修一下。」

孫守義不想弄得勞師動眾，而且裝修辦公室也需要一段時間，他不想耽擱自己進入工作狀況的時間，便笑笑說：「不需要了，我看挺好的，我這個人不挑剔的，能用就好。」

黃小強看了看孫守義，說：「你沒什麼意見就好。」

打發走黃小強之後，孫守義打電話給金達，問金達有沒有時間，他要過去坐一下。金達說：「你過來吧，守義同志。」

孫守義就去了金達的辦公室。

金達問說：「守義同志，對你的辦公室還滿意嗎？」

孫守義說：「很滿意，說實話，比起我在農業部的辦公室強得太多了。」

金達說：「你滿意就好，我還擔心那間辦公室原來是穆廣用過的，你心裏會有所忌諱呢。我想穆廣的事，你應該已經知道了吧？」

孫守義點頭說：「穆廣的事我知道，我這人不信那些風水什麼的，出事的是穆廣，又不是那間辦公室。」

金達說：「你不介意就好。守義同志，你來得正好，我想跟你商量一下，就你的工作方面，我覺得你還是分管原來穆廣的部分，你覺得怎麼樣？」

孫守義笑笑說：「我沒什麼意見，只是我新到地方上工作，一切還不是很熟悉，還請金市長多指點指點啊。」

金達說：「我還想多跟你學習一下中央的工作經驗呢，地方上的工作並不複雜，等你熟悉之後，就會覺得也沒什麼特別的了。」

孫守義笑笑說：「不管怎麼說，還是要跟金市長多學習。我來海川之前，郭書記就跟我說了金市長在海川做的很多事情，從郭書記的話中我可以看得出來，他是很欣賞您的。我來海川本來就是抱持學習的態度，能遇到像您這樣優秀的領導，也是我的幸運，我想我有很多東西可以向您學習的。」

千穿萬穿，馬屁不穿。雖然金達明知孫守義這番話客氣的成分居多，可是仍然感覺很受用，尤其聽到郭奎很欣賞他，更是令他心裏美滋滋的。

金達笑笑說：「守義同志，我們互相學習吧，希望你也能把中央優秀的工作經驗帶到海川來。」

這次會面，金達對孫守義留下了一個很好的印象，他覺得孫守義是一個很謙遜的人，沒有從北京下來官員的那種架子，很好相處，雖然還沒有接觸太長時間，可是整體感覺上讓人很舒服。

這種感覺，金達在去省裏見到郭奎的時候也講了出來。

郭奎笑笑說：「你能跟守義同志相處得來就好，他原來是趙老的秘書，你處理事情的時候，應該給他一定的尊重。生活上也要給他安排的好一點，不要讓他覺得地方上不夠重視他。」

金達點點頭說：「我知道了，郭書記。」

郭奎又說：「秀才啊，你們還沒發現穆廣的蹤跡嗎？」

金達搖了搖頭，說：「相關部門都在想辦法找他，可就是一點蹤跡都找不到。」

郭奎不禁說道：「這件事讓省裏現在很被動，外面人多在指責省裏工作不力，才會讓穆廣脫逃。這傢伙也太會躲了。」

金達也納悶說：「我也很奇怪，這傢伙好像人間蒸發了一樣。」

郭奎恨恨地說：「他不會人間蒸發的，天網恢恢疏而不漏，總有落網的一天。」

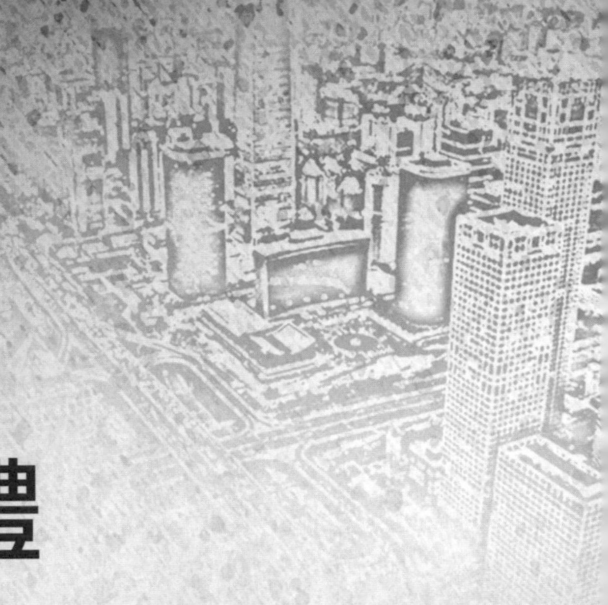

第六章

見面禮

傅華隱約有一種感覺，
孫守義似乎對中天集團要去海川考察的事並不是太感興趣，
這讓他有點丈二和尚摸不著頭腦，
自己把中天集團帶到海川，是給新到海川任職的孫守義一份見面禮，
他應該高興才對啊，怎麼會這樣呢？

北京。

傅華接到中天集團林董的電話，林董說他已經決定要去海川，他對海川的舊城改造項目很感興趣，想要實地考察一下，看看究竟可不可以做。

海川的舊城改造項目由於牽涉面很廣，投資也很大，本地的地產公司都不敢做，所以一直動不起來，傅華一聽林董居然對這個項目感興趣，心裏很高興，總算有人對這個項目感興趣了，就算中天集團自己沒有實力開發這個項目，也可以聯合其他公司共同做這個項目。

傅華就說：「林董，您要去，我們很是歡迎啊，不知道您什麼時候能夠成行，我好跟市裏面彙報一下，讓他們準備做好接待工作。」

林董說：「我希望能儘快，下周怎麼樣？」

傅華說：「可以啊，您這邊都去什麼人啊？林小姐上次不是說也想去看看海川的風光嗎，這次會一起去嗎？」

林董笑說：「她當然去了，跟你說實話吧，傅主任，我女兒也不知道中了什麼邪，突然對你們海川喜歡的不得了，這幾天鬧著我說一定要去看看。我這麼急著要去，也是受不了她這麼鬧的關係。」

傅華笑了起來，說：「那我們海川真是要好好感謝一下林小姐了。行，我馬上跟市裏面彙報一聲，市裏面一定會很歡迎你們的。」

林董滿意地說：「行啊，那我等你的消息了。」

傅華就打電話給孫守義。孫守義是新任的常務副市長，正分管招商引資這一塊，傅華不好越過他直接跟金達彙報。

孫守義接了電話，說：「你好，傅主任。」

傅華問候說：「您好，孫副市長，您待在海川還習慣嗎？」

孫守義說：「挺好的，這裏跟北京差不多，都是北方氣候，我很習慣。找我有什麼事嗎，傅主任。」

傅華說：「有件事要跟您彙報一下，北京有個中天集團，您知道吧？」

孫守義愣了一下，他當然知道中天集團了，傅華突然提起中天集團要幹什麼，該不是林珊珊又出什麼么蛾子了？

孫守義笑了笑說：「中天集團啊，我當然知道了，前段時間不就是這家公司拍了一個地王出來嗎，很轟動的。」

要想在官場上混，裝糊塗是必須學會的功夫，孫守義提起地王的事，便可以很自然地避免讓人知道他跟林珊珊的曖昧關係。

傅華笑笑說：「對對，就是那家公司。他們的董事長來我們駐京辦，說他們對海川的房地產業很感興趣，現在說是想去海川實地考察一下。您看海川市政府是不是安排接待一下？」

孫守義一聽，不禁煩躁起來，中天集團這麼急著要來海川考察，這其中一定有林珊珊的因素，說不定就是她鼓動著她父親來海川投資的。

可是孫守義無法說不，現在招商引資是各地發展經濟的重頭戲，他這個常務副市長不可能一接任就拒絕這麼有名的一家房產公司來海川考察，還必須安排好對中天集團的接待工作。

他心中未免有些無可奈何，自己剛到海川，正是夾著尾巴做人的時候，這個林珊珊還真是不懂事，這麼急著跑來，不是給自己添亂嗎？

孫守義強笑了一下，說：「當然應該了，傅主任，你跟中天集團的人說，海川市政府十分歡迎他們蒞臨考察。海川這邊你放心吧，我們會做好接待的準備的。」

傅華說：「那我就通知中天集團了？」

孫守義說：「好的。傅主任，你工作做得不錯啊，又給市裏找來了一個大客戶，十分值得表揚啊。」

孫守義這是又在假裝了，明明他心中對這件事很不耐煩，可是卻不得不表揚傅華工作做得好。這一部分原因也是他初來乍到，正是廣結善緣的時候，他必須做出姿態來籠絡傅華。

傅華笑笑說：「孫副市長這麼說就太客氣了，這是我們駐京辦應該做的，再說，現在項目成不成還很難說，您的表揚還是留到事成之後再說吧。」

孫守義說：「能把客商引到海川來，你們駐京辦就是有功勞的，就該給予表揚。行了，你去安排吧。」

傅華又說：「對了，孫副市長，林董的女兒也要跟著林董一起去海川，說是被海川的風光所吸引了，到時候是不是安排一個同志陪她在海川四處轉一下？」

孫守義心說：這個小姑奶奶果然要來，她哪是被海川的風光所吸引啊，根本就是想來跟我搗亂的。這個女人真是的。

孫守義笑笑說：「這簡單，回頭讓辦公室這邊安排個人陪她好了。」

又聊了幾句之後，孫守義就掛了電話。

傅華隱約有一種感覺，孫守義似乎對中天集團要去海川考察的事並不是太感興趣，這讓他有點丈二和尚摸不著頭腦，照說做領導的，都希望自己分管的部分能早一點出成績，自己把中天集團帶到海川，是給了新到海川任職的孫守義一份見面禮，他應該很高興才對啊，怎麼會這樣呢？

傅華想不透其中的奧妙，只好暫時把困惑放下，打電話給林董，通知他，海川方面已經做好準備。林董就跟傅華敲定了去海川的行程，傅華決定跟著林董一起回海川。

安排好林董之後，傅華又打電話給鄭堅，鄭堅上次的提醒，讓他始終對中天集團有一份警惕，擔心中天集團會跟他玩空手道。

鄭堅聽完傅華說的情況，笑笑說：「你不用太擔心，我們最近一直在跟中天集團談判，他們準備讓渡三成的股份給我們公司，換取我們的投資。只要談判成了，他們就會有錢開發你們海川的項目了，所以你放心地跟他們去考察吧。」

傅華的心總算放了下來，於是在一周之後，陪同林董和林珊珊以及中天集團的相關人員一起回了海川。

到了海川機場，招商局長王尹到機場迎接他們。

傅華看孫守義並沒有出面接機，心中越發覺得孫守義對中天集團的到來並不是很熱情。不過王尹說孫副市長晚上會設宴款待中天集團一行人，讓中天集團的人先到海川大酒店休息一下。這又讓他覺得是自己多心了，

這時，傅華注意到原本一路上都繃著個臉的林珊珊眼睛亮了，追問道：「你們的副市長真的這麼說的？他準備設宴招待我們？」

王尹笑笑說：「當然了，他不這麼安排，我敢這麼說嗎？」

傅華感覺到林珊珊似乎是認識孫守義，不然也不會因為孫守義說要設宴招待他們，馬

上就興奮起來。

傅華把一行人送到海川大酒店安置下來，自己則去海川市政府見金達。

金達看到他很高興，說：「中天集團的事，守義同志跟我彙報了，你做的很好啊，希望你能盡力促成他跟我們海川的合作。」

聽金達叫孫守義為守義同志，傅華笑說：「看來金市長對孫副市長印象很不錯啊。」

金達說：「守義同志很不錯，他還跟我聊起你，說對你的印象很不錯，對你這次能把中天集團帶回來，他很高興。原來你很早就認識他了，你應該比我更知道他是一個很優秀的幹部。」

傅華點點頭，說：「是啊，孫副市長確實是很能幹。」

金達笑笑說：「是啊，我很慶幸上面能派他來接任穆廣的職務，我相信我們倆一定會同心合力，共同把海川經濟帶上一個新的臺階。」

傅華對孫守義能在這麼短時間內跟金達處好關係，感到很佩服。從這方面講，孫守義果然不愧是個很能幹的人。雖然他跟沈佳的恩愛可能畏懼的成分居多，可是一個男人能夠讓這個出身門第很高的女人死心塌地的為他打算一切，這個男人也算是很優秀了。

不過，傅華還是弄不明白孫守義為什麼會對中天集團很不感興趣，難道他和中天集團有什麼舊怨不成？

反正晚上中天集團就會跟孫守義見面了，他們之間到底有什麼糾葛馬上就會揭曉，傅華不想再去費心猜測什麼。

晚上，傅華和王尹在海川大酒店的大廳等候著孫守義。

過了好一會兒，孫守義匆忙走了進來，抱歉著說：「傅主任，我今天一直在會議上，騰不出時間來，所以沒去機場接機，你沒怪我吧？」

傅華笑說：「孫副市長太客氣了，您忙我們都知道，又怎麼敢怪您呢。」

孫守義又看了看大廳，說：「我們的客人呢？」

王尹說：「客人還在房間裏沒下來，孫副市長，您看我們是不是去房間裏看看他們啊？」

孫守義點點頭，說：「好啊。」

王尹就做前導，帶著眾人到中天集團林董的房間。

敲門之後，林董開了門，看到王尹和傅華帶著一群人站在門外，笑了笑說：「王局長、傅主任，不好意思，還要勞駕你們上來找我。」

傅華這時注意到，林董顯然不認識孫守義，不然的話，他也不會忽略掉這群人中級別最高的人物。

王尹趕忙說：「林董太客氣啦，您旅途勞頓，多休息一下也是應該的。來，我給您介紹，這位是我們市裏的領導孫守義副市長。」

孫守義招呼說：「您好林董，我們海川市政府非常歡迎你們中天集團來考察啊。不好意思，我今天一直在會上，沒能親自到機場迎接您。」

林董笑笑說：「您好，孫副市長，我聽說您是剛從農業部空降到海川任職的，這麼說起來，我們都算是從北京來的了？」

孫守義聽了說：「是啊，我剛來不久。我在北京就聽說過中天集團和林董您的大名，只是緣慳一面，到今天才認識啊。」

林董說：「說起來，我們也算是很有緣分了。」

孫守義點點頭說：「這既是您跟我的緣分，也是您跟海川的緣分，希望中天集團能來海川發展，跟海川共同的成長啊。」

林董稱讚說：「孫副市長說得真好，我也希望我們中天集團跟海川市強強合作，共創美好明天啊，請進來坐一下吧。」

林董把眾人請進了他的房間，助理進來給眾人添上了茶，林東又讓助理去把林珊珊叫過來。

喝茶的當下，孫守義介紹了一下海川的情況，林董也講了中天集團這次來大概的想法。算是雙方做了一個簡單的交流。

談了一會兒，林珊珊推門走了進來。

林董看到她，笑著說：「孫副市長，我給你介紹一下，這是我的女兒，林珊珊，她這次非要跟我來海川，說是喜歡海川市的風光。」

孫守義立刻站了起來，伸出手說：「這件事傅主任跟我講了，珊珊小姐這樣的美女能喜歡我們海川市的風光，這是我們海川市的榮幸啊，歡迎你。」

林珊珊笑著看了孫守義一眼，說：「孫副市長說的不是真心話吧？」

傅華注意到孫守義這時的臉色變了一下，似乎有些尷尬。

孫守義不自然的把手收了回來，乾笑著說：「我不明白珊珊小姐這麼說是什麼意思啊？是不是我們市裏的同志有什麼地方做得讓你不滿意了？」

林董瞪了林珊珊一眼，說：「珊珊，你怎麼這麼說話啊，人家那麼熱情的歡迎你，又怎麼說不是真心話呢？趕緊跟孫副市長道歉。」

林珊珊看到孫守義一臉尷尬的樣子，對能捉弄一下情郎，感到很得意，心想誰叫你不跟我告別就跑來海川的，活該。

不過林珊珊也不想讓孫守義下不來台，就吐了吐舌頭，說：「人家是說我只是來玩，怕要給孫副市長添麻煩了，所以擔心孫副市長會厭煩，跟他開個玩笑而已。」

林珊珊的解釋雖然有些牽強，卻也說得過去，孫守義見她並沒有點破她來海川是衝著自己來的，心裏鬆了口氣，便笑了笑說：「珊珊小姐真是幽默，你是我們尊貴的客人，我們歡迎還來不及，又怎麼會煩呢。」

林董看尷尬的場面總算解釋過去，他擔心林珊珊會再說出什麼不好聽的話來，便說：「孫副市長別介意啊，我這女兒有時候說話不經大腦的。好了，我們是不是可以去吃飯了，我有些餓了。」

孫守義笑笑說：「是啊，我也覺得很餓了，我們下去吧。」

一行人去了海川大酒店的餐飲部，進了包間之後，孫守義是主人，坐到了主陪的位置上，然後他邀請林董坐到他右手邊的位置。

接下來的安排他就有些犯難了。按照常規，林珊珊作為林董的女兒，又是今天唯一一位女賓，他應該將林珊珊安排到他左手邊的位置上的，可是他又擔心林珊珊在他旁邊，會不經意的做出什麼親密的舉動來。

他心裏不由得暗罵林珊珊，要不是這女人不懂事跑來海川，他會這麼為難嗎？

可是孫守義還是不得不這麼安排，不然就顯得他失禮了，幸好他的裝功不錯，於是他指了指左手邊的位置，說：「珊珊小姐是我們尊貴的客人，就請坐到這裏吧。」

林珊珊見孫守義看到她來，一點都不熱情，連個眼神上的問候都沒有，心中就很著惱。

林珊珊就看了孫守義一眼，說：「算了吧，孫副市長，我看你也不想我坐到你旁邊去，就不用這麼假惺惺了。我跟傅主任比較熟，我還是跟著傅主任坐吧。傅主任，你坐哪裡啊？」

孫守義一肚子火，心想你今天來就是想跟我過不去是嗎？可是表面上還要維持風度，只好乾笑著看了看林董。

林董也被林珊珊弄得很不好意思，他瞪了一眼林珊珊，說：「珊珊，你懂不懂禮貌啊？人家孫副市長請你過去坐，那是對我們的尊重，你怎麼不識好歹啊？」

林珊珊注意到孫守義瞄過來的眼神有些惱火，暗自好笑，她覺得他逗弄情郎也逗得差不多了，再逗下去，孫守義怕事後真的會跟她翻臉，就笑了笑說：

「爸爸，你不明白，我跟孫副市長又不熟，也沒什麼話要跟他談，坐在他旁邊我會悶死的；倒是傅主任，我們算是老朋友了，坐在他旁邊我還有話可以說說。」

傅華被說得有些尷尬，忙笑說：「珊珊小姐，孫副市長給你的位置，是僅次於林董的位置，這是一種尊重，你還是請坐過去吧。」

林珊珊笑笑說：「傅主任，我怎麼會不明白呢，可是我是來玩的，又不是來應酬的，把我放在那個位置上，我會很彆扭的。孫副市長，我想你應該理解我的想法，不會強人所難吧？」

林珊珊巧妙地給了孫守義臺階下，孫守義對她不禁又愛又恨，愛的是這女人知道自己的難處，曉得他並不想安排她坐在旁邊，她這麼一鬧，自己可以就坡下驢，把她放到傅華身邊去。恨的是，雖然她給自己解了圍，可是這些麻煩就是她帶來的。

孫守義便順勢說：「既然珊珊小姐覺得坐在傅主任身邊自在些，那就請便了。」

傅華為難地說：「孫副市長，這個不好吧？」

林珊珊卻搶著說：「沒什麼不好意思的，我就跟著你坐了。」

傅華不明白這個刁鑽古怪的女人為什麼突然對自己這麼感興趣，這時，他注意到海川的同事們眼神中都透著些許曖昧，似乎認為他跟林珊珊有過什麼似的，就苦笑著說：「還是不要了吧？」

孫守義好不容易才甩掉林珊珊，自然不想讓傅華推辭，就笑了笑說：「傅主任，你別這樣子，既然我們尊貴的客人想要坐在你旁邊，你再推三阻四就有點不識趣了吧。就這樣子吧。」

傅華心說這誤會可大了，可是又不能去跟同事解釋什麼，只好鬱悶的跟林珊珊坐到了一起。

總算坐定之後，孫守義就領著眾人喝起酒來，桌上的話題不外乎是歡迎中天集團來考察投資，中天集團感謝海川市的盛情款待之類的。

也不知道林珊珊是感到氣悶，還是刻意要表現出跟傅華親熱的樣子去氣孫守義，反正林珊珊不是跟傅華問東問西，就是讓傅華幫她介紹桌上的菜肴，傅華不好不搭理她，只好勉強應付著，心裏卻叫苦不迭。

正在傅華感覺越來越難熬的時候，包廂門被推開了，一個四十多歲的粗壯男人，帶著一身酒氣走了進來。

王尹和傅華一看到這個人，面色都變了，兩人連忙站起來。

王尹強笑了笑說：「孟董，你怎麼過來了？」

被稱作孟董的人說：「王局長，傅主任也在啊，是這樣，我剛才在酒店吃飯，聽說新來的孫副市長在這裏請客，就想過來敬杯酒。」

傅華知道來人是個很麻煩的人物，不想讓他打攪孫守義，就說：「孟董啊，孫副市長這是在招待市裏的重要客人，敬酒就算了吧。」

孟董呵呵笑了起來，說：「傅主任，你這是什麼意思啊，我是來敬酒的，又不是來搗亂的，你怕什麼？這位就是孫副市長吧？」

孫守義見來人點到了自己，雖然對這人冒冒失失的就闖上門來心中不悅，但又不想在眾人面前表現得沒有風度，就站了起來，問道：「我是孫守義，這位是？」

孟董伸手出來，說：「您好，孫副市長，您剛來，可能還沒聽說過我的名字，我是海川興孟集團的董事長孟森，也是海川商會的副會長，我聽說孫副市長是從北京下來領導我們海川的，我們這些商人都很歡迎您。」

孫守義並沒覺得興孟集團有什麼了不起，不過「海川商會」這個名頭倒是讓他對眼前這個有些粗野的男人另眼相看，能做到副會長這個位置，說明眼前這個人在海川商界應該很有影響力。

孫守義跟孟森握了握手，說：「幸會了，孟董。」

孟森說：「很高興能認識孫副市長，來，我敬你一杯，希望你有空能來我們公司指導指導。」

孟森說著，也不等孫守義答應，就拿起酒杯給孫守義要添酒。

孫守義眉頭皺了一下，他已經喝了不少，再喝下去就要出洋相了，就委婉地說：「孟董，你看我已經跟北京的客人喝了不少了，是不是就不要敬了？」

王尹和傅華看出了孫守義的為難，王尹就伸手攔住孟森。

傅華在一旁幫著說：「孟董，孫副市長今天確實喝了很多，你敬酒是不是改天比較好？」

孟森眼睛一瞪，斥責傅華說：「傅主任，這裏什麼時候輪到你說話了？孫副市長都沒說要改天，你還做主了？」

傅華見孟森這麼不給他面子，臉也沉了下來，說：「孟董，這是市裏面重要的接待活動，請你自制一點。」

王尹在一旁打圓場說：「是啊，孟董，我看你今天也喝得不少，敬酒就算了吧，改天我專門請你，跟你喝個痛快，好不好？」

孟森卻絲毫沒有聽勸的意思，他一把推開了王尹，叫道：「誰跟你講我喝多了，我要跟孫副市長喝杯酒就這麼困難嗎？王尹，你給我上一邊去，我倒要看看這杯酒我到底添不添得上去？」

傅華和王尹看孟森打算來橫的，兩人擔心他衝撞了孫守義，就一起想要攔住他，這時孫守義說話了：「王局長、傅主任，孟董要敬我酒也是一番好意，你們別管他了，讓他給我添上吧。」

傅華和王尹看了看孫守義，孫守義衝著兩人微微的搖搖頭，他們知道孫守義是怕孟森在這裏鬧起來，會給中天集團一個很不好的印象，就不再去阻攔孟森了。

孟森笑著走到孫守義身邊，說：「孫副市長不愧是北京來的，氣度就是不同，來，我給你滿上。」

孫守義看孟森給他滿上了酒，孟森又給自己倒滿了一杯，說：「孫副市長一看就是夠朋友的人，這杯我先乾為敬了。」

說完，沒等孫守義表態，就把杯中酒給喝光了。

此時孫守義也不能不喝了，就拿起酒杯也一口喝光了，然後看著孟森說：「孟董，這下可以了吧？」

孟森滿意地說：「可以了，孫副市長你夠意思，不像這兩個傢伙，喝杯酒都弄得那麼讓人不痛快。」

傅華和王尹看孟森對他們指指點點的，心頭有些惱火，不過孫守義用眼睛瞪著他們，他們也只好在心中生悶氣。

孟森說完，就笑著說：「好了孫副市長，我就不耽擱你們了，我回去了，你們慢用。」便推開門揚長而去。

孫守義收拾起臉上的難堪，對林董笑了笑說：「不好意思啊，林董，我們別讓他擾亂了我們的心情，我們繼續。」

林董笑了笑說：「放心吧，我不會跟一個醉漢計較的，我們繼續喝酒。」

話雖這麼說，整個雅座的氣氛卻再難恢復到一開始那麼融洽了，接下來的酒，都喝得有些悶，大家臉上雖然都帶著笑容，可笑容卻是十分的勉強。就連一直嘰嘰喳喳說個不停的林珊珊也受了影響，之後的時間都不吭聲了。

孫守義見大家都沒了興致，就匆匆的收了尾，一場本來很愉快的宴會就這麼被攪壞了。

宴會結束後，孫守義送林董一行人回房間，在門口，孫守義說：「林董，我就送到這裏了，早點休息吧。」

林董說：「孫副市長也忙了一天，您也早點回去休息吧。」

孫守義就跟林董一行人握手告別，握到林珊珊的時候，他笑了笑說：

「對了，我差點忘記珊珊小姐是來我們海川旅遊的，我看你一晚上跟我們傅主任相處得很不錯，正好傅主任是海川本地人，明天就讓他陪你在海川好好玩一玩。傅主任。」

孫守義回頭對傅華說：「珊珊小姐明天就交給你啦，你可一定要照顧好她呀。」

傅華沒想到孫守義會把林珊珊推給他，為難的說：「孫副市長，我明天還想陪林董去考察呢，陪珊珊小姐的事是不是交代給別人啊？」

孫守義卻說：「王局長會安排好林董的考察的，難道你對他還不放心嗎？倒是珊珊小姐這邊十分的重要，我們一定不能讓她對我們海川留下一個不好的印象，所以你的任務也很艱巨啊。」

王尹衝著傅華擠了擠眼睛，說：「傅主任，林董這邊我會安排得很好的，你就放心陪珊珊小姐吧。」

林珊珊也知道公開場合孫守義是不能對她表示什麼的，因此也沒期待孫守義會陪她四處遊玩，傅華倒是一個看得很順眼的人，讓他陪自己倒也可以接受。因此林珊珊並不覺得孫守義這麼安排有什麼不好，反而覺得情郎很體貼她。

於是她衝著傅華笑笑說：「傅主任，我沒有那麼讓你討厭吧？」

傅華就不好再推辭了，說：「那裏，我怎麼敢討厭珊珊小姐呢。那我明天什麼時間過來接你？」

林珊珊笑笑說：「這就對了嘛，嗯，十點吧，十點鐘我差不多已經起床了。」

林董一行人進了房間，孫守義帶著王尹和傅華等人就往外走。

走到外面要上車的時候，孫守義忍不住問傅華說：「傅主任，今天那個孟森究竟是什麼來頭啊？」

傅華看了看孫守義，這傢伙的克制功夫還真不錯，他肯定是在孟森敬酒時，心裏就對孟森很不滿了，可他一直壓抑著，直到這時候才問起孟森的來歷。

孟森的來歷不是一兩句話能說得清楚的，也不適合在這麼多人面前講，傅華就笑笑說：「時間已經很晚了，孫副市長還是早點回去休息，有些話回頭再說吧。」

孫守義聽傅華這麼說，知道有些話不好在這裏說，就說：「行啊，那我先回去了，你們也早點回去休息吧。」

孫守義鑽進車裏，坐定後又搖下車窗，特別叮嚀傅華：「傅主任，那個林小姐你明天可要當回事啊，好好陪她四處看看，讓她對我們海川留下一個好印象。她雖然不是考察人員，可是她的態度一定會影響到中天集團對我們海川的看法的。」

傅華也明白這個道理，可是他還是對自己被安排去陪林珊珊感到有些不自在，他苦笑著說：「孫副市長，我總覺得我做這件事不太合適，是不是安排個女同事陪著比較好啊？」

孫守義伸出手來拍了傅華一下，笑著說：「沒什麼合適不合適的，誰叫林珊珊跟你處得不錯呢？放心吧，我不會跟鄭莉說什麼的。如果你堅持要避嫌，也可以讓辦公室那邊派個女同事過來。」

一旁的王尹不禁說道：「傅主任，讓你去陪那麼漂亮的美女遊玩，這是多好的差事啊，你就別得了便宜還賣乖了。」

傅華苦著臉說：「我什麼得了便宜還賣乖了，我得什麼便宜啦，王局長喜歡的話，可以你去啊。」

王尹笑說：「我倒是想去，可是人家珊珊小姐不喜歡我啊！」

眾人都笑了起來。

孫守義笑說：「好啦，王局長你也別挖苦傅主任了，你明天的任務也很重，明天你一定要把林董他們招待好。好啦，就這樣吧。」

孫守義讓司機發動了車子離開了，王尹等人也各自回家，只留下傅華一個人回到了海川大酒店。

傅華一邊往自己的房間走，一邊想道，看來孫守義對中天集團也沒有什麼不滿的地方啊，他好像跟中天集團的林董父女並不認識，自己還想他跟中天集團之間有什麼瓜葛，真是想多了。

再是，他要如何跟孫守義講孟森的事呢？

孫守義現在對孟森肯定是不滿的，孫守義會不會因此去報復孟森呢？但孟森是個道地的無賴，孫守義不但動不了他，反而可能會因此惹禍上身，自己是不是要提醒一下孫守義，不要意氣用事呢？

孟森是這幾年才在海川急速竄起來的一個人物，在鄭勝、伍弈那些人在海川風光的時候，孟森還是一個名不見經傳的小人物，雖然也搞一些打打殺殺的滋事活動，可都是小打小鬧，上不了臺面，頂多是個小混混頭而已。

但是隨著鄭勝和伍弈接連出事之後，海川的黑社會就出現了權力的真空狀態，這給了孟森一個竄起的機會。孟森利用他原本掌握的閒雜人員，接連控制了幾家夜總會，慢慢地累積起財富和人脈來，儼然成為海川地下娛樂業的老大。

有了錢後的孟森便開始洗白自己的身分，插手一些正當生意，開辦了興孟集團。憑藉著暴力手段，強取豪奪，更快速地讓集團迅速的壯大起來。

興孟集團壯大起來之後，又給孟森一層成功企業家的保護色，他利用這種身分和手中豐沛的金錢，轉而走上層路線。

也不知道他運用了什麼關係，竟然跟省裏的孟副省長建立起聯繫，孟副省長幾次來海川，都去興孟集團視察，還為興孟集團題字，興孟集團有孟副省長護著，海川的官員們也就不敢去招惹它了。

財富也為孟森帶來了很多的榮譽，他很快擠進了海川商會，並當選為商會的副會長。在孟副省長的關照下，他還順利地成為東海省政協委員，有了這層身分，海川的官員們更動不了他了。

同時，大家也都知道這個人黑白兩道通吃，是個麻煩人物，很多人見了孟森都儘量躲避著。王尹和傅華跟孟森的交集不多，也都不想去招惹他，給自己找不必要的麻煩。

傅華回到房間後，就撥了孫守義的手機，想提醒一下孫守義，儘量不要對孟森採取什麼報復行動，以免打狗不成反被狗咬。沒想到孫守義的電話一直占線，傅華打不進去，只好暫時把手機放了下來。

過了一會兒，傅華再試著打電話過去，竟然還是占線，也不知道孫守義是跟誰講電話講這麼久，看來今晚很難跟孫守義通上話了，傅華只好放棄。他洗了澡，上床跟鄭莉通了個電話，就睡著了。

讓傅華想破腦袋也想不到的是，他之所以打不通孫守義的手機，是因為孫守義在跟林珊珊通話呢。

孫守義回到海川市給他安排的宿舍之後，馬上就撥通了林珊珊的電話，他怕過於冷落林珊珊，會惹怒林珊珊，一旦林珊珊被惹怒，他不知道這個任性的女人會幹出什麼事情來。

林珊珊接了電話。

孫守義說：「珊珊啊，我真是怕了你了，你到底還是跑來海川了。」

林珊珊笑說：「你終於肯跟我講話了？」

「珊珊，你還生我的氣啊？」孫守義說。

「我生什麼氣啊，我是你什麼人啊，我跟你生氣犯得著嗎？」林珊珊賭氣地說。

孫守義說：「好啊，既然你不是我什麼人，我就當打錯電話啦，好了，我掛啦。」

林珊珊威脅說：「你如果敢掛，我明天就把我們倆的照片送到你們市政府去，說你調戲我，然後負心將我拋棄了，你掛吧。」

孫守義故意說：「你不是說你不是我什麼人嗎？」

林珊珊被氣笑了：「好啦，逗你的。守義，我現在都到海川了，什麼時候能夠見見面啊？人家想你想到不行了。」

孫守義苦笑說：「珊珊，我也想你啊，可是我們怎麼單獨見面啊。」

林珊珊急說：「怎麼了，我千里迢迢跑來，你連跟我單獨見一下面都不肯啊？你怕什麼啊？」

孫守義擔心地說：「我怕的東西多著呢，珊珊，你怎麼一點都不諒解我，我剛到海川，秘書、司機這些身邊的人，我還都不熟悉，就算想跟你單獨約會，也沒人可以給我安排啊。」

林珊珊質問：「那你就不會自己安排啊？」

孫守義反問道：「我怎麼安排啊，海川我又不熟，我這副面孔在新聞中曝光了很多次，好多人都認識我的，我能帶著你去賓館開房間，還是能跟你躲在什麼地方幽會啊？一旦被人認出來，那笑話就鬧大了，一個新來的副市長還沒坐熱，就跟情人幽會，你還讓不讓我在海川待了？你始終不明白一點，我不讓你來海川，是為了我們倆好，這裏不是北京，北京的環境我們熟悉，又沒多少人認識我們，做什麼都沒人注意。你就不能克制一下嗎？等一段時間再來海川不行嗎？過段時間我熟悉了這邊的環境，也知道誰能信任，那個時候做什麼都行。」

林珊珊被說得沒了聲音，她知道孫守義說的很有道理，她來海川確實是有些衝動了，根本就沒考慮到孫守義的難處。

沉默了一會兒，林珊珊才說：「那怎麼辦啊，我來海川一趟，你總不能不跟我聚一聚吧？」

孫守義說：「我不跟你說了嘛，現在不行。」

「那我豈不是白來一趟？」林珊珊懊惱地說。

「不然怎麼辦，我總不能搭上自己的前途陪你玩吧？」孫守義回說。

林珊珊仍不死心，問道：「你就一點險都不敢冒嗎？為了我也不行？」

孫守義陪笑著說：「珊珊，我知道你不高興，但我現在真的沒辦法啊。你就耐心等幾天，過幾天我就想辦法回北京去看你。」

林珊珊固執地說：「不行，我就要見你，人家很想你嘛。我還要在海川待幾天，你趕緊想辦法，我非要跟你聚一次不可。」

孫守義急說：「珊珊，你別鬧了好不好？你明知道不行的。」

林珊珊生氣地說：「你竟然說我胡鬧，好，孫守義，你不跟我見面是嗎，那我去找別的男人去；我就不信，我林珊珊這樣的女人就沒男人喜歡。」

孫守義笑了起來，說：「珊珊，你不要這麼意氣用事，你現在是在海川，人生地不熟的，就算你要去找男人，一下子去哪裡找啊？」

林珊珊冷笑一聲說：「我身邊不就有現成的人選嗎，明天你們的傅主任不是要陪我四處逛逛嗎，我就去找他，然後跟他上床，氣死你。」

孫守義有點惱火了，說：「你敢！」

林珊珊耍著性子說：「有什麼不敢的，你別來嚇唬我，你又不是不瞭解我，我向來愛做什麼就做什麼，你等著瞧吧。」

孫守義的確很了解林珊珊的個性，當初兩人相識的時候，林珊珊明知自己是有婦之夫，可還是義無反顧的跟自己發生了關係，她說她就是喜歡跟自己在一起的那種感覺。現在她說要去找傅華，孫守義還真是有些擔心她會這麼做，這個任性的女人向來是說得出做得到的。

孫守義無計可施，又沒辦法勸阻林珊珊，痛苦地說：「珊珊，你為什麼非要這麼逼我啊？」

林珊珊說：「誰逼你了？才多大點事啊？你就不能想辦法跟我見個面！你知道我有多想你嗎？」

孫守義雖然不相信林珊珊會真的去找傅華，而且他覺得傅華也不會上鉤的，他認為傅華是個可以信任的人，否則他也不會安排他去陪林珊珊。但是卻有些擔心林珊珊會一個不小心洩露她跟自己的曖昧關係給傅華知道，那樣等於給了傅華一個把柄。這種授人以柄的事情，他是絕不幹的。

因此想了想，他決定還是去見林珊珊，便說：「珊珊，既然你這麼堅持，好吧，那我們找個地方見面吧。」

孫守義就讓林珊珊搭計程車去海川有名的星光廣場，說在那兒跟她碰面。

林珊珊一聽，高興地跳了起來，說：「這才像個男人嘛，我馬上就去，你可不准不來啊。」

林珊珊匆忙打扮了一下，就趕緊出門招了輛計程車，往星光廣場奔去。

星光廣場位於海川市中心繁華地段，是一處景觀廣場，離海川大酒店不遠，計程車很快就把林珊珊送了過去。

她下車之後，四下望了望，並沒有看到孫守義的身影。

林珊珊怕引起別人的注意，就往廣場的角落走去，眼睛卻四處打量著，生怕孫守義來了看不到。

過了一會兒，一個戴著墨鏡、低著頭的男人快步走到林珊珊的身邊，低聲說了聲：「珊珊，跟我走。」

是孫守義的聲音，林珊珊匆忙跟了上去。

走到孫守義身旁，她習慣性地摟住了孫守義的胳膊，身子也貼了過去，笑說：「你這樣子挺酷的嘛。」

孫守義立刻聞到一股熟悉的香氣，他的心撲通撲通的跳了起來，正是這股迷人的香氣，當初才讓他把持不住自已的。

孫守義的心再次蠢蠢欲動了起來，恨不得馬上將林珊珊摟進懷裏。

他帶著林珊珊來到廣場邊一個燈光較暗的角落裏，看看四周並沒有什麼人在注意他們，就再也忍不住，一把將林珊珊摟進懷裏，貪婪的親吻著林珊珊的脖子、耳朵，然後熱吻了起來。

林珊珊被撩撥的渾身發燙，扭動著身軀，在孫守義耳邊呢喃道：「守義，你想死我了，我們快回酒店吧，我現在就想要你。」

孫守義還保有一絲理智，說：「不行，市政府很多活動都在海川大酒店舉辦，酒店的人都認識我了，不能去那兒。」

林珊珊低語道：「那怎麼辦？」

孫守義也是渾身燥熱，很想跟林珊珊纏綿一番，就說：「你帶著證件嗎？」

林珊珊說：「帶著啊，要幹嘛啊？」

「走吧，我們換個地方。」

兩人就搭計程車離開了星光廣場，找了一個比較偏遠的旅館。

關上門之後，孫守義忍不住內心激動，立刻將林珊珊攬進懷裏，兩人撕扯著對方的衣物，便倒在床上，一場甜蜜的戰鬥開始了……

第七章

麻煩人物

傅華說：

「這個孟森是個麻煩人物，背景複雜，跟省裏的孟副省長來往密切，他還在孟副省長的幫助下，擔任東海省政協委員，我們海川很多領導對他都是敬而遠之，您如果沒什麼必要，最好也不要去招惹他。」

兩人都使出渾身解數，想要征服對方，幾番輪戰之後，孫守義終於繳械軟倒在床上。

林珊珊嬌喘著抱緊了孫守義，說：「看你還要不要說不見我？」

孫守義笑笑說：「珊珊，我不是不想見你，而是我身不由己啊，我總得顧慮我副市長的身分吧？」

林珊珊笑了起來，說：「什麼副市長啊，屁大點的官，你就這麼在乎？」

孫守義說：「你別瞧不起這個位子，你知道一般人要熬多少年才能熬到嗎？」

林珊珊笑著扭了一下孫守義的鼻子，說：「好啦，我不跟你爭，我知道你是熬了很多年才得到這個位置的。我們不說這個了。」

孫守義說：「珊珊，我知道你不明白，這個副市長在你心目中也許不算什麼，但它對我來說，是我半生努力的結果，我不想讓它因為我的不小心而付諸流水。我們現在是見面了，可是你看這環境多糟啊？空氣中還有一種發黴的味道，你能習慣嗎？」

林珊珊一聞，說：「是呀，這房間的味道真夠差的，叫你這麼一說，我身上都癢起來了，也不知道床單有沒有消毒過？」

孫守義就說：「我們還是趕緊回去吧。」

孫守義又叮囑說：「珊珊，現在我們已經見過了，之後我不會再跟你私下見面了，回頭你父親考察完，你就跟他回北京吧，我會儘快回北京去看你的。」

林珊珊沒好氣的說：「好啦，我知道了。」

兩人就結了帳，出了賓館。

上了計程車，先將林珊珊送回海川大酒店，孫守義這才回到他的宿舍。

早上十點，傅華準時來到林珊珊的房間門口。

他敲了敲門，好半天林珊珊才穿著睡衣開了門，

林珊珊睡眼朦朧的看了看傅華，說：「是傅主任啊，這麼早找我有事嗎？」

傅華心說：什麼這麼早找你有事嗎？不是你叫我十點鐘來陪你去逛海川市的嗎？

氣歸氣，傅華還得對這個大小姐客氣些，他笑笑說：「珊珊小姐，你不是讓我十點鐘過來嗎？」

林珊珊摸了摸腦袋，不好意思說：「對啊，我昨天叫你十點鐘過來的，真不好意思，我睡過頭了，進來吧。」

傅華看林珊珊身上還穿著睡衣，覺得不好進她的房間，就說：「既然你剛起床，我還是過會兒再來吧。」

林珊珊笑說：「幹嘛，你不會還那麼保守吧？進來吧，我很快就好的。」

林珊珊說完，也不管傅華願不願意，伸手就將傅華拖進了房間。

房間內充斥著一股香氣，傅華不好再退出去，就去離床邊最遠的那個沙發上坐了下來。

林珊珊看著傅華笑笑說：「稍等啊，我去沖個澡。」

傅華更覺得尷尬，心想你硬是把我拖進房來，算是怎麼回事啊？便站了起來，說：「既然你還要沖澡，我還是先出去吧。」

林珊珊說：「你別走啊，我馬上就好。」說著就走進了浴室，一會兒嘩嘩的水流聲響了起來。

傅華在外面坐立難安，幸好像林珊珊說的，她很快就洗完了澡。洗完澡後的林珊珊，雙頰紅撲撲的，越發顯得嬌豔，傅華看了一眼，趕忙把眼神閃躲開。

傅華的局促不安看在林珊珊眼中，心裏暗自好笑，看來自己的魅力還真是讓男人難以抵擋，就連這個對自己不怎麼感興趣的傅華也不能例外啊。

林珊珊有心想要逗一逗傅華，她對昨天孫守義安排傅華陪自己，傅華卻推三阻四的，心裏很有意見，心說：我這樣一個大美女，別人有機會親近都求之不得，你不但不高興，還一再推拒，現在露出本色了吧，原來昨天那副道貌岸然的樣子都是裝的，真是個偽君子，看我怎麼揭下你的假面具來。

林珊珊從行李箱中拿出一個吹風機，笑了笑說：「傅主任，要麻煩你一點事情。」

傅華說：「什麼事情啊？」

林珊珊說：「拜託你幫我把頭髮吹乾吧，在家裏都是我媽幫我吹乾的，現在我媽媽不在，我的頭髮總不能濕淋淋的吧？」

傅華沒想到林珊珊會提出這種要求，尷尬的說：「珊珊小姐，這不好吧？」

林珊珊大方地說：「傅主任，你別老是珊珊小姐珊珊小姐的，聽上去挺彆扭的，我看你年紀也比我大不了多少，我叫你一聲傅哥，你叫我珊珊就好了。傅哥，你不會這麼點小忙都不幫我吧？」

傅華在心裏叫苦不迭，這個林珊珊還真是越來越沒分寸了，他看了看林珊珊，一時不知道該如何應付這個女人。

看傅華狼狽的樣子，林珊珊心裏暗自好笑，心說這傢伙還真是好玩，輕輕幾句就被自己弄得手足無措了，索性再逗逗他好了。

林珊珊就把吹風機往傅華手裏一塞，嬌笑說：「你就別愣著了，快點嘛。」

傅華無奈的接過了吹風機，幫林珊珊吹起頭髮來。

雖然他幫林珊珊吹著頭髮，但是他儘可能地離林珊珊身體遠一點，因此他的姿勢就顯得很滑稽，頭和手儘量往前伸，腰卻往後探，像是一隻彎腰的大蝦。

林珊珊從鏡子裏看到了傅華的樣子，撲哧一聲笑了出來，回頭一把把吹風機奪了過去，揮揮手說：「去一邊去，我自己來吧，叫你吹個頭髮，看你嚇成這個樣子，我能吃了你啊？真是的。」

傅華也笑了，說：「既然這樣子，我還是先出去等你吧。」

傅華看林珊珊越來越表現的跟自己親密，越發不安起來，傅華不知道接下來她會玩出什麼花樣來，他害怕自己的推脫會惹惱林珊珊，從而影響到這次中天集團對海川市的考察。

看到傅華灰溜溜的逃出去，身後的林珊珊哈哈大笑了起來。

關上門之後，傅華站在門口等著有些無聊，突然想起昨天自己原本要提醒孫守義注意一下孟森的事情，因為電話沒打通，還沒跟孫守義說呢，於是就撥了孫守義的電話。

孫守義很快就接通了，有些緊張的說：「怎麼了傅主任，是不是那個林珊珊出什麼問題了？」

傅華笑笑說：「沒事，孫副市長，我在林珊珊房門外，人家大小姐剛起床，還沒換好衣服呢。」

孫守義鬆了口氣，他還以為傅華這時候打來，是林珊珊出了什麼紕漏了，聽到傅華說沒事，就放鬆了下來，笑笑說：

「那你打電話來幹什麼？我還以為你被珊珊小姐騷擾了呢。」

傅華心說：還真被你說中了，我剛被騷擾完呢，不過這當然不能跟孫守義說，男女之間的事說不清道不明，說了反而會越描越黑的。他笑笑說：「是這樣，孫副市長，我是想跟您說一下昨晚那個孟森的事，你現在說話方便嗎？」

孫守義說：「你說吧。」

傅華說：「昨天我不方便跟您說，這個孟森是個麻煩人物，背景複雜，跟省裏的孟副省長來往密切，他還在孟副省長的幫助下，擔任東海省政協委員，也因為如此，我們海川很多領導對他都是敬而遠之，您如果沒什麼必要，最好也不要去招惹他。」

孫守義頓了一下說：「原來是這麼一個人啊，難怪他昨天那麼肆無忌憚。」

傅華聽出孫守義話裏的不滿，就說：「這種人一向蠻橫慣了，加上昨天他又喝了酒，態度不好是很正常的，您別跟他計較，不值得為他生氣的。」

孫守義原本還真想找機會整一下這個傢伙，不然的話，海川的人會覺得他這個新來的副市長好欺負呢。現在傅華及時給他提了醒，讓他知道孟森不好對付，說不定整他反而會惹禍上身，這下倒不好意氣用事了，不妨暫且忍耐，看看這個孟森究竟有多少本事再說吧。

他便笑了笑，說：「你這麼說，我心中有數了，謝謝你了，傅主任。」

傅華說：「我只是提醒您一下而已，您新到海川不瞭解情況，不需要謝的。」

孫守義說：「就是不瞭解情況才感謝你啊，你想，我如果不知根底就去惹孟森，到時候弄得灰頭土臉，吃虧的是我。」

傅華說：「我相信就算我不提醒您，您也不會這麼做的。」

孫守義說：「不管怎麼說，還是很感謝你。」

這時，林珊珊換好衣服，開門走了出來，說：「傅哥，你在跟誰講電話呢？」

那邊的孫守義聽到林珊珊叫著傅哥，心裏彆扭了一下，心想：林珊珊想幹什麼啊，傅哥這麼親熱的稱呼都叫出來了，難道她真的看上傅華了？

這時傅華在電話中說：「孫副市長，珊珊小姐出來了，我要掛電話了。」

孫守義故意取笑說：「行啊，你可要好好陪珊珊小姐，人家可是連傅哥都叫出來了，你再不好好陪人家，可就對不起她了。」

傅華苦笑說：「孫副市長，你就別開這種玩笑了，我可不願意做這個傅哥。」

孫守義聽出傅華的不情願，就笑笑說：「你就別這樣了，這是工作，你必須好好的完成，就這樣子吧。」

傅華掛了電話，林珊珊走到傅華身邊，嘲笑說：「我說你怎麼一副奴才相呢，原來是你們的孫副市長啊。」

傅華完全拿林珊珊沒轍，就算被取笑，也不敢去招惹她，只好說：「珊珊小姐，你現在想去哪裡玩啊？」

林珊珊說：「跟你講不要叫我珊珊小姐了，難聽死了，你又不是不知道現在小姐都是指什麼人。」

傅華看了眼林珊珊，心裏輕輕搖了搖頭，就說：「那珊珊，你想去哪兒玩呢？」

林珊珊這才笑說：「這就對了嘛，真乖。」

傅華不禁一肚子怨氣，什麼真乖，我成什麼了啊。

林珊珊接著說道：「要去哪裏玩，你別問我，你是負責安排的，你說去哪兒我就跟你去哪兒。」

傅華看看時間，已經臨近十一點了，這時候快到吃午飯的時間，也不適合去太遠的地方玩了，就說：「要不這樣吧，我們去海邊吧。」

林珊珊高興的說：「行啊，行啊，我正想去海邊看看呢。」

傅華看了看林珊珊，林珊珊一臉的興奮，不禁哭笑不得，看她現在又一副小女孩的天真模樣，卻把自己搞得像如臨大敵似的，可能他真是過於緊張了。

傅華就開車載著林珊珊往海邊走。

在路上，林珊珊把車窗搖了下來，伸手出去讓風吹著，興奮地叫說：「傅哥，這風裏有股海味，很好聞啊。」

傅華心說：到海邊了，風裏面當然有海的味道啦。他笑笑說：「珊珊，你不會從沒去過海邊吧？」

林珊珊說：「我去過啊，不過我去的那些地方都很熱，有很多工廠，味道沒有這邊好聞。」

傅華不禁想到，如果那時對二甲苯項目落戶海川，現在的海川海邊氣味也不會這麼好聞的。

海邊很快就到了，正好趕上退潮，有人在淺灘上撿拾蛤蜊、螺貝之類的海物，也有人在岸邊的礁石上撬海蠣什麼的。

林珊珊下了車，準備往下面走，傅華在她身後叫道：「珊珊，你先別急，等我一下，我先去把車停好。」

林珊珊喊了聲：「我沒事，你去停車吧。」

等傅華停好車出來的時候，林珊珊已經走到了淺灘上，一手拎著她的鞋子，低著頭在礁石上尋找著什麼。

傅華笑了笑，向林珊珊走了過去。

這時，林珊珊抓到了一隻小蟹，抬起頭來正看到傅華，興奮地向傅華揮舞著小蟹，叫道：「傅哥，你看我抓到了什麼？」

傅華一看，林珊珊抓的是一種生活在海邊，長不大的螃蟹，這是海邊常見的東西，也只有她這種生活在城市中的人才會這麼興奮。

沒想到林珊珊興奮過度，沒有注意腳下尖尖的礁石，立足不穩，啊的叫了一聲，一下子摔倒了。

傅華一看不好，快步衝了過去。還好林珊珊自己爬了起來，看到傅華來到面前，衝著他說：「你看我抓的螃蟹。」

傅華看這時候林珊珊還抓著螃蟹不放，真是好氣又好笑，說：「珊珊，你也不看看自己摔沒摔傷？」

林珊珊說：「我沒事啊。」

傅華看了看，幸好林珊珊穿著牛仔褲，牛仔褲並沒有被劃破，倒沒受什麼傷，只是衣服後面被污泥弄髒了一塊。

傅華鬆了口氣，他是陪林珊珊出來玩的，萬一林珊珊真的受了傷，他可就不好交代了。

傅華說：「沒事就好，只是你衣服上髒了一塊，這怎麼辦，是不是回酒店換個衣服呢？」

林珊珊笑笑說：「不需要，反正天氣也不太冷，我用海水把污泥洗掉就好了，來，你過來幫我。」

時近正午，海邊的太陽正熱，傅華就過去扶著林珊珊，林珊珊用海水把衣服上那塊污泥洗掉。之後，傅華就陪著她在海邊抓些小海蟹，撿一些貝殼之類的玩。

林珊珊玩得很高興，才一個多小時，就收穫豐富，傅華看了看說：「玩得差不多啦，我們是不是可以找地方吃飯了？」

林珊珊玩了這麼久，也有點累了，就說：「好哇。」就拎著戰利品跟傅華走出了淺灘。

傅華問林珊珊說：「珊珊，你拿著這些幹什麼？」

林珊珊說：「這是我好不容易捉到的，我想拿到飯店裏，讓他們煮給我吃啊。」

傅華笑了起來，說：「你還是把牠們扔回海裏吧，這些都沒什麼吃頭的。」

林珊珊卻說：「不行，這可是我費了好大勁才捉到的，我一定要嘗嘗是什麼味道。」

傅華說：「那就隨你。」

兩人在附近找了家飯店，林珊珊把收穫遞給服務員，說：「幫我煮熟了弄一盤上來。」

服務員看了看林珊珊遞給她的東西，忍不住笑了起來，說：「小姐，這裡面都沒什麼肉的，還是別弄了吧。」

林珊珊眼睛瞪了起來，說：「不行，我一定要嘗嘗味道。」

傅華就對服務員說：「你就去跟廚師說，這些洗洗煮熟了就可以，別的你就不用管了。」

服務員只好把東西拿進去，傅華就又照著林珊珊捉到的東西點了一份形狀一樣，但是個頭比較大，有吃頭的菜。

煮熟的東西很快送了上來，林珊珊揭開一看才發現，除了殼之外，小螃蟹就沒什麼可吃的了，不由得就有點沮喪。

傅華在一旁感到十分的好笑，正好他點的螃蟹送了上來，就遞了一個給林珊珊，笑笑說：「這個才是能吃的，你嘗嘗吧。」

林珊珊還有些不服氣，說：「這種小螃蟹不能吃，為什麼海邊還有那麼多人抓呢？」

傅華說：「很多人都是好玩，也有人抓了回家，用麵粉裹了油炸吃。」

林珊珊說：「就一點殼有什麼好吃的？」

傅華說：「我都跟你講了不好吃嘛。」

林珊珊興致就有些闌珊，她拿著大個的螃蟹，卻不是很感興趣的樣子，傅華不禁笑說：「因為不是自己抓的就不好吃了嗎？」

林珊珊笑笑說：「反正沒自己抓的那麼想吃了。誒，傅哥，這大個的螃蟹是從哪裡抓的啊？」

傅華說：「你該不會是想要去抓這樣的吧？」

林珊珊說：「是啊，我就是想抓這樣的。」

傅華搖搖頭說：「這種很難抓的，需要專門的工具才行。」

「是什麼工具啊，你跟我說一下。」林珊珊饒有興致地問道。

傅華說：「這種在近海是沒有的，需要到比較深的海中才有，還是算了吧。」

林珊珊執意說：「不行，我都到海邊來一趟了，怎麼也要去抓個能吃的大螃蟹才行，傅哥，你就幫我一下，滿足我的心願吧。」

傅華知道是勸阻不了林珊珊了，就笑笑說：「好吧，回頭我跟他們說說看，晚上找幾個人一起抓螃蟹好了。」

只是傅華雖然是在海邊長大，可是他的生活環境都在城市，捉螃蟹這種事他還真沒做過，究竟哪個地方會有，傅華還真不知道。

他只好打電話給白灘村的張允，他想白灘村臨海，張允總會抓螃蟹吧？

張允接通了電話，說：「小傅啊，怎麼想起你張叔來了？」

自從傅華為張允找金達碰了一鼻子灰之後，傅華有一段時間沒跟張允聯繫，後來張允更是被迫主動放棄跟錢總的爭鬥，讓他心裏很不是滋味，就不太跟張允聯繫了。

他說：「張叔，你這是怪我沒打電話給你了？」

張允笑了笑說：「我沒有怪你的意思，不過你確實很長時間沒打電話過來了。找我有事啊？」

傅華笑笑說：「有件事我想請教一下張叔，您會不會抓螃蟹啊？」

張允笑說：「抓螃蟹？你不會是沒螃蟹吃，想要自己抓吧？」

傅華說：「當然不是了，是一個接待任務，我接待一位北京來的小姐，她在海邊抓了些小螃蟹，上來興趣了，非要自己去抓大螃蟹。」

張允說：「原來是工作啊，我還以為你鬧著玩呢。」

傅華笑笑說：「那張叔會抓嗎？」

張允說：「廢話，我在海邊生活這麼多年，如果連抓螃蟹都不會，那還算是海邊人嗎？」

傅華聽了，說：「那就好，張叔，我派車過去接你。」

張允說：「你要我過去啊，那可不行，你們那邊的海況我不熟，這抓螃蟹一定要熟悉海況，不然的話可能會有危險。你要抓的話，要到白灘這邊，你帶著客人過來吧。」

傅華便問身旁的林珊珊說：「珊珊，如果你真要捉螃蟹，可能要到海平區去，你要去嗎？」

林珊珊說：「當然要去了，誒，傅哥，今晚一定能抓到螃蟹嗎？」

傅華說：「我找的可是海邊的老漁民，他領著我們去再抓不到，那大概沒有人能抓到了。」

林珊珊興奮地說：「那太好了，我們趕緊走吧。」

傅華不禁笑了起來，說：「就是要去，你也要跟你父親打個招呼吧？」

林珊珊說：「這還不簡單！」林珊珊就撥通了她父親的電話，說：「爸爸，晚上我要跟傅哥一起去抓螃蟹，要到海平區去，跟你說一聲啊。」

「傅哥？」林董一時還沒反應過來，說：「誰啊？」

林珊珊笑笑說：「還會有誰啊，不就是傅主任嗎？真笨。」

林董聽了，笑說：「原來是傅主任啊。珊珊，傅主任是海川市的官員，你讓人家陪你去抓螃蟹，這不合適吧？」

林珊珊不以為意地說：「有什麼不合適的？傅哥特別找了有經驗的老漁民，你放心吧，不會有事的。我讓傅哥跟你說。」

林珊珊就把電話遞給傅華，傅華趕忙說：「林董，如果您是擔心安全，我可以跟您保證，我找的是有幾十年經驗的老漁民，又是他熟悉的地方，保證不會傷林小姐一根汗毛的。」

林董其實也拿自己的女兒沒什麼辦法，現在傅華既然願意陪她去玩，安全上又無虞，也樂得放手，就笑笑說：「那傅主任就多費心啦。」

傅華說：「費心什麼，這也是孫副市長交代給我的工作啊。」

結束了跟林董的通話，傅華又打了電話給王尹，跟他說自己要帶林珊珊去抓螃蟹的事。

王尹曖昧的說：「誒，傅華，你這可是帶著小美人私奔了啊。」

傅華看了一看身邊的林珊珊，笑笑說：「別瞎開玩笑，珊珊就在我身邊呢。」

王尹笑得越發曖昧了，說：「珊珊都叫出來了，看來你們真是處得很不錯了。」

傅華說：「王局長，你就別這麼無聊了，我現在就往海平區那邊趕，回頭如果孫副市長問起，你替我跟他說一聲。」

王尹笑笑說：「好吧，你就放心大膽的去玩吧。」

傅華看看該通報的也都通報了，就開著車往海平區趕。

在路上，林珊珊問傅華：「傅哥，那個孫副市長的話，真的對你這麼重要嗎？」

傅華心說當然重要啦，要不是他讓我好好陪你，我有必要帶著你跑這跑那嗎？連我自己的老婆來海川，我還都沒陪她去抓什麼螃蟹呢。

他笑了起來，說：「當然啦，他是我上司，我必須尊重和服從他。」

林珊珊說：「原來一個副市長還這麼有權威啊。」

傅華笑笑說：「可能副市長在北京算不了什麼，可是在地方上，可是很高級別的官員。你想，他手下管著海川幾百萬人呢。」

林珊珊吐了一下舌頭，說：「這麼多啊？」

兩人就這麼閒聊著，開車前行了一個多小時，終於來到海平區白灘村，張允已經在家裏等著了。

傅華在來的路上，看到錢總的高爾夫球場已經修建成型了，於是看到張允的時候，就說：「張叔，我看雲龍公司的高爾夫球場建得差不多了？」

張允嘆了口氣，說：「你也看到了？」

傅華看張允這個樣子，知道他仍對雲龍公司建高爾夫球場這件事心有不滿，就勸說：「張叔，你也別懊惱了，事情既然已經這個樣子，你就別這麼不高興了。」

張允苦笑說：「我就是心裏不舒服啊，我也明白我這點能力根本就阻止不了什麼，你不知道，現在還傳說連市長夫人都是雲龍公司的顧問，我一個小小的村長又能怎麼樣呢？」

傅華愣了一下，說：「張叔，你說的是哪個市長啊？」

張允氣說：「還會是那個市長，當然是金達啊，難道海川還有第二個市長嗎？」

「不會吧？」傅華有些不相信的問道：「張叔，你會不會搞錯了？」

張允嗤了聲說：「我這麼大的人會搞錯？小傅啊，金達的老婆是不是叫萬菊，在省裏旅遊局，我沒說錯吧？」

傅華知道金達的老婆叫萬菊，好像是省旅遊局的一個副處長，聽張允說出萬菊的名字和職稱，他就明白張允說的不是空穴來風了。

只是他還是不相信金達會縱容妻子給雲龍公司做什麼顧問。也許張允只是誤會了，是錢總打著萬菊的名字，隨便就說是他們公司的顧問也不一定。

傅華便說：「張叔，名字是不錯，可是你見過萬菊來嗎？這種話可不能隨便亂說，如果影響金達市長的名譽可就不好了。」

張允看了看傅華，說：「小傅，這種事我沒親眼見到會瞎說嗎？你這孩子就是厚道，你以為那些當官的都是好東西嗎？你忘了當初我讓你找金達，金達卻根本就不管的事了嗎？現在你知道為什麼了吧？人家根本就是一夥的，管什麼管?!」

傅華還是難以置信，這消息對他來說真是太震撼了，他又問說：「張叔，你怎麼就能確信來的就是金達的老婆萬菊，難不成你以前見過她？」

張允說：「我以前是沒見過她，不過，市長夫人出行時是不會無聲無息的，她來高爾夫球場，都是區裏的陳鵬區長親自出面接待的，場面弄得很大，我一個老百姓會認錯人，難不成陳大區長也會認錯？那次之後，雲龍公司的人就對外宣稱金達的夫人是他們公司的顧問了。」

這下子可就不會錯了，傅華心情一下子落到谷底，如果金達也跟他陰一套陽一套，這對他打擊就太大了。

一直以來，他是因為相信金達的為人，才會那麼全心全意的幫助金達，現在張允卻告訴他說，金達實際上跟錢總是一夥的，這讓他怎麼能接受得了？這讓他有一種被人在背後捅了一刀的感覺。

一旁一直沒說話的林珊珊看到傅華的臉色突然變得很差，擔心的說：「傅哥，你怎麼了，你臉色好差啊，這位大爺跟你說的事有這麼嚴重嗎？讓你變成這個樣子？」

傅華對金達仍存有一絲希望，他跟金達認識不是一天兩天，他覺得自己對金達還是瞭解的，雖然張允說的可能是真的，但金達絕不會是跟穆廣一樣的人。也許這真是一場誤會呢？

想到這裏，傅華不想給林珊珊造成一種不好的印象，萬一被林珊珊說出去，會給金達造成不好的影響。便強自鎮靜下來，笑了笑說：

「珊珊，沒事，剛才我突然有點頭暈而已，可能太久沒吹海風了，有點不習慣。誒，我們不是來抓螃蟹的嗎？張叔啊，什麼時候可以去抓啊？」

張允看了傅華一眼，他也是當過多年村幹部的人，很懂得看眼色，傅華突然換了話題，他就明白傅華是不想在這個女人面前說金達的事，就笑笑說：

「女娃啊，說起抓螃蟹，你們可算是來對了，今天是陰曆十六，正是退大潮的時候，可以去抓螃蟹。」

林珊珊的注意力立刻被螃蟹吸引了過去，她興奮地說：「好哇，好哇，大爺，趕緊帶我們去吧。」

張允笑笑說：「看你急的，現在去可不行，潮水還沒退呢，需要臨近午夜的時候，潮水才會退盡。我們在潮水退的前兩個小時去海邊才行。」

林珊珊聽了叫說：「還要等這麼久啊？」

因為金達老婆的事，傅華已經沒什麼心情陪林珊珊玩下去了，他很想現在就趕回海川，當面質問金達，萬菊做雲龍公司顧問究竟是怎麼一回事，就對林珊珊說：

「珊珊，我事先沒想到要等這麼久，要不就算了，不要抓了？」

林珊珊搖搖頭，說：「那怎麼行？我好不容易有機會親手抓螃蟹，怎麼可以就這麼算了呢？我不怕，在北京，我經常在外面玩到凌晨的，這是小意思，我等就是了。」

傅華見林珊珊不肯走，也不再勸了，就說：「好吧，我就陪你瘋一次好了。」

張允看兩人要留下來，就對傅華說：「小傅啊，你跟我出來一下。」傅華跟著張允從屋裏走出去。

張允看了看傅華，語重心長地說：

「小傅啊，我知道你跟金達的關係很好，你這個人我也知道，向來是很正派的，所以你聽到金達老婆的事，心裏可能很不好受，不過呢，你也別太往心裏去，這是社會上普遍的現象，不是你的問題，早該見怪不怪了。」

傅華想想也是，且不說究竟是怎麼回事還不清楚，就算金達真是跟錢總勾結在一起，自己也犯不上難過，頂多是對人性又多了一層瞭解罷了。便笑笑說：「我知道了張叔，你叫我出來，就是想跟我說這件事啊？」

張允說：「不是啦，我是看你很彆扭的樣子，就先跟你說一下。我找你出來，主要是想問你，你帶了這麼一個嬌滴滴的大小姐跑我家來，我拿什麼招待人家啊？你說這是你的工作，可別因為我招待不周，怠慢了人家。」

傅華聽了，笑說：「張叔你是因為這個啊，這簡單，你們家的大鍋還可以用嗎？」

張允說：「當然好用了，你嬸子還常用大鍋烙餅吃呢。」

傅華笑笑說：「那就好辦了，晚上你叫嬸子就烙點玉米餅子，再弄點小雜魚熬著吃，這一餐就可以了。」

張允愣了一下，說：「小傅啊，那個女娃不是北京來的貴客嗎，你就這麼打發人家啊？」

傅華說：「張叔，她是貴客不假，可是你想，她在北京什麼好吃的東西沒吃過啊？反倒是這種當地特色小菜根本沒機會吃到，你放心吧，她吃到嘴裏一定會大叫好吃的。罎子熬的小雜魚和餅那是一絕，我吃過一次後還至今難忘呢。」

張允這才恍然大悟說：「我明白了，你是想給她吃個新鮮，對不對？」

傅華點了點頭，又掏出幾百塊錢給張允，說：「張叔，這錢你拿著去置辦吧。」

張允推拒說：「麵粉是家裏現成的，我只需要去弄點雜魚而已，這點錢我還花得起，你給我這麼多錢幹什麼，太見外了吧？」

傅華笑笑說：「不僅是買菜，抓螃蟹不是還需要準備手電筒什麼的嗎，也需要幫這個女孩子準備雙高腰的水鞋，這都是得花錢買的，你就拿著吧。」

張允就拿著錢去置辦了。

第八章

共犯結構

不管怎麼說，這都是一個互利的共犯結構，
這個結構當中的人勾結在一起，共同維護他們的非法利益。
孫守義覺得這件事不單純，他的策略不得不謹慎再謹慎，
因為一旦弄不好，他等於是跟張琳和金達同時宣戰。

傅華回到屋裏，林珊珊看著傅華問道：「傅哥，有什麼話不能當著我的面說啊？」

傅華笑笑說：「沒什麼，張叔問我要準備什麼晚飯給你吃比較好。」

林珊珊笑了笑說：「我是來抓螃蟹的，吃什麼都無所謂。」

傅華說：「你是無所謂，在他們卻不想讓你覺得受到了怠慢。」

林珊珊問：「那他們準備給我吃什麼啊？」

傅華也不知道林珊珊會不會喜歡他的安排，就說：「道地的漁家風味，我想你一定會喜歡的。」

張允很快買了小雜魚和手電筒、水鞋等東西回來，他的妻子就開始準備起晚餐來。

林珊珊也跑到廚房看熱鬧，她看到張允的妻子準備烙餅，又在處理小雜魚，便笑著問道：「傅哥，這就是你說的漁家風味嗎？」

張允在一旁聽了說：「你聽小傅胡說，這哪是什麼漁家風味啊，不過是老百姓的家常飯而已。」

這時鍋已經熱了，張允的妻子開始烙起餅來。林珊珊在一旁看著覺得很好玩，便央求說：「這看來很好玩啊，可不可以讓我也來試一下啊？」

張允的妻子就騰出地方，讓林珊珊自己學著張允妻子的樣子，試著烙烙看，玩得不亦樂乎。

飯很快做好了，林珊珊馬上認出她自己做的那張餅，一把拿了過來，說：「這是我做的，給我吃。」

傅華笑了起來，說：「放心吧，你做得那麼醜，沒人跟你爭的。」

林珊珊吃了幾口之後，不由得衝著傅華點了點頭，說：「傅哥，還真是很好吃啊。為什麼看上去很簡單的東西，吃起來卻這麼香呢？」

傅華笑笑說：「當然啦，那是因為這些食材都是最天然、最新鮮的，吃的都是原味，才會這麼好吃。」

這頓飯林珊珊吃得很甜美，十分滿意。

吃完之後，大夥兒就聚在客廳看電視。

這時，傅華的手機響了起來，一看是孫守義的電話，他看了看林珊珊，笑笑說：「孫副市長打來的，看來他要怪我把你帶到海平來了。」

林珊珊在張允家感到很愜意，心情也很放鬆，脫口就說道：「別管他了，他又不肯出來陪我玩，我自己出來玩他又要問這問那的，別理他了。」

傅華聽林珊珊的口氣很隨便，有點像情人之間鬥氣的口吻，不禁疑竇頓生，腦了裏馬上起了一陣疑雲，難道孫守義跟林珊珊很熟嗎？他們的陌生是裝給別人看的？

林珊珊注意到傅華在看她，馬上意識到自己不小心差點露出馬腳，她是個很聰明的人，馬上就說：「你看我幹什麼，我說的不對嗎？你們的孫副市長和我爸那幫人，不都是有事在忙嗎？他們忙他們的好了，管我們幹什麼？」

這似乎變成了怪孫守義對她出來玩還要管東管西的不滿了，似乎也能解釋的過去，傅華來不及多想，孫守義的電話還一直在響著呢，他趕忙按下了接通鍵。

孫守義開口就說：「傅主任，你還真是瀟灑啊，竟然把林董的女兒拐到海平區去了。」

不知道為什麼，傅華感覺孫守義這話有些酸酸的，就好像心愛的女人被別的男人帶走了的那種樣子，這讓傅華更覺不對勁。

傅華趕忙解釋說：「孫副市長，你錯怪我了，是珊珊非要說來抓螃蟹，我才帶她來的。」

孫守義語帶醋意地說：「看來王局長說的沒錯，你真的稱呼林小姐為珊珊呢，你幹嘛啊傅主任，讓你去是做接待工作的，並不是讓你卿卿我我的，你可給我有點分寸，不要鬧到我跟鄭莉不好交代啊。」

傅華急說：「孫副市長，你誤會了，是林小姐非要我這麼喊她的，喊了一下午也有些習慣了，一時沒改過來，我可沒別的意思啊。」

孫守義心裏卻很彆扭，心想：你說的倒輕鬆，孤男寡女跑到海邊去，誰知道你們在那兒會做什麼啊？

孫守義語氣嚴肅地說：「她讓你這麼喊，你就這麼喊她了？傅主任，你可是政府幹部，要注意形象，你這樣子讓別的同志看到了，會怎麼想啊？」

傅華被罵得很冤枉，只好說：「我知道了孫副市長，我會注意的。」

孫守義又說：「你還是注意點好。再是，林珊珊是我們的客人，你可不能讓她有什麼閃失，做什麼危險的事，不然，我跟海平區的同志打聲招呼，讓他們配合一下你的工作好了。」

傅華覺得沒有這個必要，就說：「不需要了吧，孫副市長，我已經找了當地的村長，張村長很有經驗，不會有問題的。」

「那好吧，今晚你們別在那兒過夜，一會兒我會派車過去，你們抓完螃蟹就趕緊回市區吧，回來後打個電話給我，知道嗎？」孫守義最後又交代了幾句。

傅華不好再反駁什麼，他雖然覺得孫守義有些小題大作了，可是也只有服從的份，就說：「我知道了孫副市長，只是我們回去的時間可能很晚了。」

孫守義說：「多晚也要給我電話。」就掛了電話。

傅華看了眼林珊珊，說：「林小姐，我們孫副市長很關心你啊。」

林珊珊一聽，眼神忙閃躲開，說道：「他哪是什麼關心我啊，他是怕我出事，對我父親不好交代。」

孫守義這麼一鬧，張允也感覺到了壓力，他看看傅華說：「小傅啊，孫副市長這麼緊張，要不晚上就算了，不去了吧。」

林珊珊急說：「那怎麼行，我可是專門跑來的，今晚如果不去，我就不回去了。」

傅華看林珊珊大小姐脾氣又上來了，就對張允說：「張叔，還是去吧，只是要小心一些。」

林珊珊因為差點暴露出她跟孫守義的曖昧關係，也不敢再跟傅華攀談下去，把目光轉到了電視，裝作一副認真看電視的樣子。

時間很快過去，張允看看時間到了十點鐘，就說：「小傅，我們可以走了。」

張允就帶著傅華和林珊珊一起去了海邊。潮水已經退下去很多，張允給每人發了一隻手電筒和一雙水鞋、一副手套，說道：「你們跟在我後面，我往哪裡走，你們就往哪裡走，知道嗎？」

張允就帶著傅華和林珊珊往潮水退去的方向走，一邊走，一邊跟他們講解抓螃蟹的技巧。

隨著潮水越來越往下退，慢慢的螃蟹就出現了。林珊珊和傅華跟在張允的後面，按照張允的教導，兩人很快就抓到了螃蟹，林珊珊還抓了隻很大個的螃蟹，大約有半斤重，不由得興奮的叫起來。

抓了好一陣子，傅華接到電話，說孫守義派來接他們的車已經到了，傅華就跟林珊珊說要回去了。

林珊珊卻還意猶未盡，說：「傅哥，那我們抓的這麼多螃蟹怎麼辦？」

張允笑笑說：「要不這樣子吧，去我家，我煮熟了，給你帶著路上吃。」

林珊珊高興地說：「好哇。」

兩人就跟著張允回到他家，十幾分鐘後，青殼的螃蟹都已經換上了大紅袍了。

張允選了幾隻大的給林珊珊裝上，讓她帶著路上吃，然後送他們上車。

臨上車的時候，張允又特別找了個空檔提醒傅華：「小傅啊，我要囑咐你一句話，金達老婆的事，你知道就好，可千萬不要去問金達，知道嗎？」

傅華不禁詫異地問道：「怎麼了張叔，我為什麼不能問啊？」

張允擔心地說：「小傅，這可是人家市長的家務事，你問了，說不定會觸犯了人家，這些年我也看明白了，這些當官的嘴大，說來說去都是他們有理，我不想你因為這件事被人家打擊報復。」

傅華笑笑說：「張叔你多慮了，我相信金達市長不是這種人。不過，這件事我會好好想想的，我回去啦，這趟謝謝你了。」

回去的路上，傅華一直沉默不語，若有所思的看著窗外。

林珊珊卻精神十足，她看傅華這個樣子，以為他在擔心回去會被孫守義責備，就笑笑說：「傅哥，是我非要你帶我來的，如果你們那位孫副市長再說你什麼，我來幫你解釋，你就別這個樣子了。」

傅華看了看林珊珊，雖然相處的時間不長，可是他已經大致上瞭解林珊珊不過是一個好玩、嘴上不饒人的人，心中倒沒什麼壞主意，這樣的人很單純，很好打交道，便笑笑說：「我沒擔心這個，只是有點累了。」

兩人就有一搭沒一搭的說著話，一個多小時後，回到了海川大酒店門口。

林珊珊下車回房間去了，傅華想起孫守義讓自己打電話彙報的事，就趕忙撥通了孫守義的電話，說：「孫副市長，我們回來了。」

孫守義立即問說：「林珊珊沒事吧？」

「沒事。」傅華回答。

「那好吧，你早點休息，明天如果你再要陪她去什麼遠的地方，事先跟我說一聲。」孫守義交代。

「好的，您也早點休息。」

孫守義就掛了電話，等了一會兒，估計林珊珊已經回到房間了，就把電話撥了過去。電話很快接通了，林珊珊聲音慵懶的說：「守義，這麼晚還沒睡啊？」

孫守義說：「你已經回房間了嗎？」

「是啊，要不然我敢叫你的名字啊？你這麼晚沒睡是在等我回來嗎？」林珊珊說。

孫守義埋怨說：「是啊，你也真夠瘋的，竟然跟那個傅華跑那麼遠，還去抓什麼螃蟹。」

林珊珊說：「不就是玩嘛，你擔心什麼啊？」

「我擔心什麼？你跟傅華跑那麼遠，我能不擔心嗎？」孫守義生氣地說。

林珊珊笑說：「我明白了，你是擔心我跟傅華會發生什麼，是嗎？呵呵，你吃醋了？我說你怎麼非要我和傅華連夜趕回來呢。」

孫守義嘴硬地說：「我吃什麼醋啊，對你我還不放心嗎？」

林珊珊笑說：「守義，我怎麼覺得你有點口不應心啊。其實你的擔心真是多餘了，傅哥那個人很正直，陪我玩的時候，手腳很老實，根本不肯多看我一眼。」

孫守義說：「那是因為他跟你不熟。」

林珊珊笑笑說：「你當初跟我也不熟啊，還不是第一次見面就對我動手動腳的了。」

孫守義被嗆了一下，乾笑著說：「我們之間是有感情的，他能跟我比嗎？好啦，不說這個了，你去玩的怎麼樣啊？」

林珊珊興奮地說：「挺好玩的。我不但抓了螃蟹，還烙了餅呢！」

孫守義聽了，不禁莞爾道：「不錯啊，我們的大小姐也能做家務了，看來傅華跟你還真是玩得很愉快嘛。」

林珊珊說：「我看傅哥倒不是很愉快，到後來一副憂心忡忡的樣子。」

孫守義詫異地問：「怎麼會，一個大美女陪在他身邊，他還有什麼不高興的啊？」

林珊珊說：「有件事我覺得怪怪的，如果真要說有什麼事情影響了傅哥的話，我猜可能就是這件事了。」

孫守義說：「是什麼事啊？」

「是我們去的那家大爺，說什麼市長夫人給海平一家什麼公司當顧問，當時傅哥聽完，臉色就變了。」林珊珊回想說。

孫守義愣了一下，原來跟金達有關啊，肯定是金達做了什麼事讓傅華很震驚，才會變得憂心忡忡的。

他不由得好奇起來，問道：「珊珊，你說的市長的夫人，是海川市市長金達的夫人嗎？」

林珊珊想了想說：「對對，是叫什麼金達的，他的夫人好像叫萬菊，在省裏旅遊局工作。」

孫守義對這件事越發感興趣了，他來海川這段時間，對傅華和金達的關係多少也瞭解了一些，知道這兩人交往密切，算是一種相互提攜、相互維護的關係，傅華肯定是知道了什麼對金達不利的事，才會那麼擔心。

孫守義心想，如果他能知道究竟是什麼事的話，對自己是很有利的，這會讓他跟金達之間，處於一個可攻可守的位置上。

孫守義便問：「珊珊，那個大爺說那家公司叫什麼名字啊？」

林珊珊想了半天說：「叫什麼名字啊，我記不得了啊。」

孫守義不禁抱怨說：「記不得？這才多長時間啊，你怎麼會記不得了呢？」

林珊珊不好意思說：「我當時注意力都在抓螃蟹上，就沒注意聽。怎麼，這對你很重要嗎？」

孫守義只好說：「也不是很重要了啦，我只是想弄明白傅華在擔心什麼。誒，珊珊，那家公司是做什麼的，你還記得嗎？」

林珊珊回說：「哦，這個我還記得，那個大爺好像說那家公司在他們村附近建了一個高爾夫球場，已經差不多建好了。誒，等等，我想起來了，那家公司名字好像叫什麼龍的。」

聽到高爾夫球場，孫守義就明白為什麼傅華會擔心了，最近幾年，政府明令禁止興建高爾夫球場，出現在海平的這個高爾夫球場，肯定是沒拿到合法核准的文件。而一個市長夫人去給違規的高爾夫球場公司做顧問，不用說，這個市長就是這家公司的保護傘了。

孫守義冷哼道：金達啊，你看上去文質彬彬，做什麼都很講原則的樣子，原來私底下膽子也這麼大啊，你是不是仗著郭奎護著你，就敢這麼胡作非為了？

林珊珊見孫守義半天沒說話，問道：「守義啊，你在想什麼？」

孫守義不想讓林珊珊知道他剛掌握了一個對他很有利的情況，那樣會顯得他好像很卑鄙，就笑笑說：「我還是想不通這有什麼好擔心的，算了，不去管他了，你也瘋一天了，早點休息吧。」

林珊珊掛了電話，孫守義也收起電話，開始想金達跟高爾夫球場開發商之間有勾結這件事情來。

孫守義知道，這件事自己只要想調查，馬上就能知道是哪家公司建的高爾夫球場，那麼大的高爾夫球場建起來，就像禿頭上的蝨子擺在那裏，想不知道恐怕都很難。

但是這件事情能不能查呢？查了對自己是有利還是有害呢？

這其中的利害關係是很微妙的，在想清楚之前，自己絕不能貿然的就有所行動。

一個高爾夫球場的建成絕非是一天兩天的事，這說明這家公司在海川已經發展了一段時間。那市委書記張琳對這個高爾夫球場是一種什麼態度呢？

要說他根本就不知情，孫守義是絕對不相信的，這牽涉到一件很大的違規行為，更牽涉到海川市的市長金達，如果連這件事都不知道，他就太無能了，連他的二把手在做什麼都不知道。這顯然是不可能的，

一個市委書記如果不能對他管轄範圍的風吹草動瞭解得清清楚楚，他這個市委書記就等於失去了對局面的掌控能力，他在自己的一畝三分地上就沒有應有的權威了。

而眼下孫守義看到的局面並不是這個樣子，張琳對海川市的局面控制得很好，金達在各方面都表現出了對他的尊重。

這樣，就表示張琳是知道這家高爾夫球場的事了，而且更可能這就是他跟金達利益交換的一部分，他對球場睜一隻眼閉一隻眼，從而換取金達對他的尊重。

或者，他跟這家球場也存在著某種利益交換？

不管怎麼說，這都是一個互利的共犯結構，這個結構當中的人勾結在一起，共同維護他們的非法利益。

反正孫守義覺得這件事不單純，那他應對的策略就不得不謹慎再謹慎了，因為一旦弄不好，他等於是跟張琳和金達同時宣戰。饒是他有趙老做後臺，他也不敢輕易這麼做的。

別說自己沒這個實力，就算有這個實力，他也不敢這麼做。因為就算他扳倒了張琳和金達，他在東海的仕途也等於是完蛋了，東海的高層領導絕對無法容忍一個從北京下來的幹部這麼去挑戰他們的權威的，那他就等著遭受報復吧。

想通這一點，孫守義就明白金達為什麼敢這麼明目張膽的讓老婆去那家公司做顧問了，因為就算是被人舉發，他也能控制得住局面，不會受到絲毫損傷，既然這樣，公不公開也就無所謂了。

所以自己還是按兵不動，不要輕易招惹比較好，不過，這件事對自己也不是一點用處都沒有，適當的時候，也許能利用這件事來達到某種目的。

把利害關係都衡量了一遍之後，孫守義知道自己該怎麼做了，這時他的睏勁也上來了，就很快睡著了。

孫守義沒心事睡得正香甜，傅華卻在床上翻來覆去地睡不著。

他不明白為什麼金達會跟錢總勾結在一起，以前金達在他面前都是表現出很反感錢總的樣子，是什麼讓金達轉變了對錢總的看法呢？還是金達根本早就被錢總收買了呢？

不過有一點傅華是很確信的，雖然他不止一次跟金達說過高爾夫球場的事，金達卻始終沒有出手讓高爾夫球場停下來，現在球場都建得差不多了，就是停建或者拆除，基本上也是不可能的了。

也許金達就是在放縱雲龍公司，故意對雲龍公司的行為視之不見，等球場都建好了，再迫使政府承認這個既成事實。

傅華感覺很灰心，連金達這樣的人都不可信了，他不曉得還有什麼人能夠相信？這等於把他對政治場上唯一一點美好的期待和理想都破滅了。

不行，不管怎麼樣，這件事他一定要弄清楚，就算是惹惱金達也要找他問清楚！下定了決心後，傅華才慢慢進入夢鄉。

新的一天開始，林珊珊昨天玩得太累了，今天想在房間休息，放傅華一天假，傅華樂得不用再陪公主出遊。

傅華決定立刻打電話給金達，好好談談雲龍公司的事。

不料金達正在開會，不方便接聽。問了金達的行程，才知道一天金達都很難排出時間，傅華有些無趣，明天中天集團的考察就結束了，過了今天，他跟金達就沒有機會當面談了。

傅華回酒店沒事情可做，就去天和房地產。

丁益正在辦公室，傅華說：「我中午沒地方吃飯，給你個機會請我吃飯吧。」

丁益笑笑說：「這還不簡單？想吃什麼？」

傅華說：「隨便了。最近怎麼樣啊？」

丁益苦笑說：「還能怎麼樣啊？還不是那樣子？」

傅華看了看說：「怎麼，還不能放下關蓮啊？」

丁益嘆說：「你讓我怎麼能放下，只要一想到她的遭遇那麼慘，至今還只找到一半屍身，我就很難受。穆廣那個王八蛋真不是東西，竟然下這樣的狠手！這傢伙千萬別叫我找到，找到我一定不會放過他。」

傅華安慰說：「好啦，如果穆廣被找到，法治單位也不會放過他的。這件事你也該到此為止了。」

丁益無奈地說：「我也知道，但感情這種事可不是我想放下就能放下的。」

傅華笑笑說：「交個新的女朋友就好啦。怎麼樣，最近有沒有遇到什麼漂亮的女孩子啊？」

丁益搖搖頭，說：「海川這地方沒什麼漂亮的女孩子。」

傅華笑了起來，說：「誒，我這次還真帶了個美女回來，要不要介紹給你認識一下啊？」

丁益笑說：「算了吧，我現在沒這個心情。」

傅華鼓吹說：「哎呀，認識一下又沒什麼，說起來你們兩家還是同行呢，她是中天集團董事長的千金。你們算是門當戶對啊。」

丁益看了傅華一眼，說：「中天集團的千金啊，那我可高攀不起。人家中天集團這次可是來考察舊城改造項目的，實力不凡啊。他們敢拍下價值三十億的地塊，這要多大的實力啊？難怪敢強龍過江，來我們海川發展。」

傅華笑笑說：「怎麼了，聽你的語氣好像很不甘心的樣子，是不是你們也對那個舊城改造項目有興趣啊？」

丁益說：「誰不感興趣啊，海川凡是有點實力的房產公司對這個項目都很感興趣，那個地塊位於中心地帶，如果開發好，將會有豐厚的回報，這是多大的一塊牛肉，誰不眼紅啊。」

傅華好奇說：「既然這樣，為什麼沒有公司主動跟海川市政府爭取這個項目呢？」

丁益笑笑說：「你應該清楚，那個地塊牽涉到的問題很多，是塊燙手山芋，很多公司都是想吃卻怕燙嘴。」

傅華反問：「你們天和也不敢吃？」

丁益說：「傅哥，你以為天和有多大的實力啊？再說，天和現在今非昔比了，我跟穆廣的事情一鬧，很多人對我們家是避之唯恐不及啊，他們都擔心沾上我會跟穆廣一樣倒楣。」

「那件事不應該怪你啊。」傅華為他抱不平。

丁益嘆了口氣，說：「傅哥，你現在很少回海川，不知道海川這邊都在議論什麼，現在很多人在傳說，是我揭發了穆廣的罪行，才害穆廣棄官逃跑。你想，這麼一傳，那些當官的誰還敢跟我們天和打交道啊？他們哪個沒一點醜事啊，他們都擔心得罪了我，會被我揭發出來。」

傅華皺了下眉頭，說：「怎麼會這樣子呢？你也是逼不得已才這樣子做的啊。」

丁益說：「沒有人會去想你是不是逼不得已，他們只知道我毀掉了一個副市長，這就意味著我成了海川政壇上危險的人物，他們必須對我有所防備。這也是政壇上的潛規則，我們天和很多事務現在辦起來都很困難，一到有關部門，大家都是一副公事公辦的面孔，現在我們天和要爭取一項工程都很難，更別說要去爭取舊城改造項目了。」

傅華只好安慰丁益說：「可能是現在穆廣的事剛爆出來，過段時間就好了。」

丁益苦笑了一下，說：「但願吧，只是我們家老爺子被氣得要命，也是，天和在他手裏的時候，業務蒸蒸日上，到了我手上卻變得舉步維艱，他也應該生我的氣。」

傅華心想：我早就提醒過你，別跟關蓮扯上關係了！不過，現在再說這些也是於事無補，就笑笑說：「好啦，別去想那麼多了，會有好轉的一天的。這樣吧，我約那個女孩子來吃飯，大家就隨意閒聊，好不好？」

丁益無可無不可地說：「隨便你了。」

傅華就打電話給林珊珊，說：「珊珊，出來吃飯吧，我介紹個朋友給你認識。」

林珊珊正在房間裏閒得發慌呢，一聽就說：「好哇，在哪裡？」

傅華說：「你等一下，我讓人去酒店接你。」

丁益就派人去接了林珊珊過來，林珊珊進門之後，傅華介紹說：「來，珊珊，我給你介紹一下，這位是海川天和房地產的丁益，丁總經理。」

漂亮的林珊珊讓丁益感覺眼前一亮，心說北京來的女孩就是不一樣啊，便伸出手來，笑著說：「你好，珊珊小姐，歡迎你到我們海川來。」

林珊珊倒還給傅華面子，伸手跟丁益輕輕握了一下，笑笑說：「幸會了，丁總。」

秘書進來給林珊珊倒上了茶，傅華對林珊珊說：

「丁總是我的好朋友，我來找他玩，到中午就想到你還沒吃飯，就把你叫過來了。天和房地產也是地產公司，你們兩家都是搞地產的，應該有很多話題可聊吧。」

林珊珊笑說：「房地產我可是不懂，要聊還是去找我父親吧。」

丁益感覺林珊珊說話太直，似乎有點不屑跟他交往的意思，就看了一眼傅華。

傅華瞭解林珊珊的行事說話風格，就笑笑說：「丁益，你別介意，珊珊說話一向是很直爽的。」

丁益便說：「直爽很好啊，我介意什麼啊。」

林珊珊卻說：「你是口不應心吧，我看你看傅哥的那個眼神，分明是說怎麼介紹這樣一個女人給你認識啊？」

丁益聽了有些尷尬，沒想到這個女人竟然看出來他心中是怎麼想的，他對這個女人的印象就變得不是那麼好了，女人再漂亮，如果不給男人留面子，對男人來說，這種女人也是很討人嫌的。

傅華看出了丁益的尷尬，就打圓場說：「珊珊，丁總不是覺得你不好，而是沒見過你這種風格的，說實話，我們剛認識的時候，我也不太習慣。」

林珊珊笑笑說：「這還差不多。好了，我們去哪裡吃啊？」

傅華看看丁益，說：「丁總請客，就由丁總安排吧。」

丁益說：「不知道珊珊小姐喜歡吃什麼？」

林珊珊問傅華：「傅哥，昨天那個餅吃起來還真是不錯，市區裏面有沒有啊？」

傅華笑說：「那個只有去人家家裏才有，市區是沒有的。」

這時傅華的手機響了起來，傅華看看號碼，是金達打來的，就跟丁益說：「金市長的電話，我先接一下，你跟珊珊商量吧。」

傅華就快步走出丁益的辦公室，找了個偏僻的角落，接通金達的電話。

金達說：「傅華啊，你上午找過我？」

傅華說：「是呀，金市長。」

金達說：「有什麼事嗎？」

傅華琢磨著該如何跟金達開這個口，這事還真是不太好說，總不能一來就說金達跟錢總的雲龍公司有勾結吧？

想了想，傅華說：「是這樣子的，金市長，我昨天去白灘村，看到雲龍公司的高爾夫球場已經建得差不多了。」

金達說：「原來你找我是為了這件事啊。是啊，那個高爾夫球場，不對，應該說那個旅遊度假區基本上建好了，前段時間我才經過那裏呢。」

傅華心裏愣了一下，金達倒挺鎮靜的，還說他瞭解情形，看來他老婆給雲龍公司做顧問的事，怕不是誤會了。

傅華心沉了下來，他強笑了一下說：「那金市長對這件事情怎麼個看法？」

金達並沒察覺到傅華的異樣，照實地說：

「傅華，你問我個人的看法嗎，實話說，這是違規的行為，我也很不喜歡雲龍公司這麼做，可是站在一個做市長的立場上，對這件事就不能不持另外一個態度了，地方上為了發展經濟，有時候難免需要做一些不太合規的事情來，他們也是有政績考核的壓力的。」

傅華聽金達完全是一副維護雲龍公司的口吻，心裏越發失望，難道金達真的跟錢總勾結在一起了嗎？

他反駁說：「可是金市長，恐怕雲龍公司不僅僅是違規那麼簡單吧？」

金達笑了起來，說：「傅華，我知道你對錢總那個人有些看法，我也不喜歡那個人，不過，我作為市長，不能單憑自己的喜好來做事，要考慮很多方面，現在雲龍公司那個項目是省級重點招商項目，省裏對它也很支持，我要是做什麼處分，不但海平區那邊的同志會不高興，省裏一些部門的領導對我們海川市也會有看法的。你如果站在我的角度上，應該也會贊同我這麼做的。」

傅華心想：就算你不處分雲龍公司，也不能讓自己的老婆在雲龍公司掛名顧問，從中謀取好處啊？這已經不是不合規的問題，而是幹部違紀的行為了。就算你說的再冠冕堂皇，也無法掩飾這種以權謀私的行為的。

傅華就想戳破金達，直接質問他為什麼安排自己的老婆去雲龍公司做顧問，便說：「可是金市長你……」

可是金達卻沒等傅華問出口，就打斷了他的話，說：「好了，我沒時間跟你解釋太多，我馬上要趕下一個行程，就這樣吧。」就掛了電話。

留下傅華臉色鐵青的在那裡發愣，金達根本就不給他機會質問雲龍公司的事，他覺得這更說明了金達心虛才會這樣。

這時，丁益和林珊珊從辦公室裏出來，他們敲定吃飯的地方後，就想出來看看傅華為什麼打電話打這麼久。

丁益注意到傅華的臉色很難看，就說：「傅哥，金市長說什麼了，你怎麼臉色這麼差啊？」

傅華強笑了一下，說：「沒什麼，有件事我讓金市長不太滿意，被他批評了。你們商量好吃什麼了嗎？」

丁益笑笑說：「商量好了，我向珊珊小姐介紹了金海灣大酒店，那邊可以邊看海景邊吃飯，她很感興趣，就想去那邊坐一坐。」

傅華便說：「那還等什麼，走吧。」

第九章

地頭蛇

孫守義嘆了口氣，說：

「對這樣的無賴，還真是沒有辦法。算啦，這口氣我先忍下來了。」

孫守義新到海川不久，腳跟還沒站穩，

現在想去跟孟森這種地頭蛇去鬥，實力還不夠。

孫守義選擇暫時隱忍，是很明智的。

三人就去了金海灣大酒店。這個酒店是建在一塊伸進海裏的礁石上，靠海的一面都做成透明的落地窗，可以聽著海濤的聲音，邊看著海景吃海鮮。

菜上來後，丁益看傅華情緒一直很低落的樣子，就幫傅華倒滿了酒，說：

「傅哥，你別這樣悶悶不樂的，你看天和公司狀況那麼不好，我也沒像你這樣子鬱悶啊，不就是被金市長批評了幾句嘛？你們關係那麼好，我想事情過去，金市長就不會生你的氣了。」

傅華的滿腹心事無法跟丁益解釋，就笑笑說：「不好意思，影響你們了。珊珊，是不是我這樣子很好笑啊？」

林珊珊笑笑說：「傅哥，不怕你生氣，我還真的覺得你很好笑，不就是一個市長嘛？能讓你怕成這個樣子？」

傅華嘆說：「珊珊，你不明白，我們這些做下屬的不好做啊。好啦，不說這個了，來我們喝酒。」

傅華和丁益因為心情都不是很好，林珊珊又不喝酒，三人就只是簡單的吃了飯，酒宴就散得很快。

三人走出雅座，傅華說：「丁益，你把我們送回海川大酒店吧。」

這時，旁邊的一間雅座門開了，一群人從裏面走了出來。

其中一個人看到了丁益他們，便衝著丁益喊道：「丁總，這麼巧，你也在這裏吃飯啊？」

丁益笑笑說：「原來是孟董啊，真巧啊。」

傅華回頭看了一眼，眉頭皺了起來，真是冤家路窄，竟然遇到了孟森。

孟森也看到了傅華，說：「原來傅主任也在啊？」

「是呀，孟董，今天沒喝多吧？」傅華故意說。

孟森笑了笑說：「沒有了，孫副市長請客那次我有點喝多了，當時冒犯了傅主任，不好意思啊。」

傅華微微笑說：「沒什麼啦。」

林珊珊在一旁卻有些不耐煩了，催促著說：「傅哥，你們怎麼聊起來沒完了，走吧，我還想早點回去休息呢。」

孟森聽了說：「誒，傅主任，這位美女是誰啊，怎麼也不給我介紹一下啊？傅哥傅哥，叫得那麼親熱，是你的情人吧？」

林珊珊不高興地說：「你這人怎麼說話的啊，什麼情人？你才是情人呢。」

傅華心說不好，林珊珊大小姐脾氣上來，可不會管什麼輕重，萬一惹惱了孟森這個無賴，局面就很難收拾了，趕忙說：

「孟董，你這話可就說錯了，林小姐是我們市政府請來的客人，你可別亂講啊。」

孟森仔細看了看，說：「哦，原來是中天集團林董的千金啊。丁總，你這就不應該了，是不是你們想跟中天集團有什麼合作，不想讓我知道啊？」

丁益笑笑說：「孟董，你誤會了，我是請傅哥的客，傅哥順便把林小姐帶來的。」

孟森點了點頭，伸出手來說：「原來是這樣子啊，幸會了林小姐。」

林珊珊卻厭惡地看了眼孟森，孟森不記得她，她可記得孟森，那晚就是孟森險些讓孫守義下不來台的，她心中的火氣還沒消呢，就不理會孟森，一拉傅華的胳膊說：「傅哥，我們快點走吧，我還急著回去呢。」

孟森的手僵在半空中，他沒想到林珊珊會這麼不給他面子，這幾年來，在海川還沒有人敢這麼對他，讓他如此下不來台。

孟森伸手擋在了林珊珊前面，說：「林小姐，你不會這麼不給孟某面子吧？」

林珊珊毫不客氣地說：「我為什麼要給你面子，我又不認識你。讓開！」

孟森沒想到林珊珊竟然敢跟他叫板，心中越發惱火，他瞪了一眼林珊珊，說：「我要是不讓呢？」

傅華看孟森的面色不善，趕緊上前一步插到林珊珊和孟森之間，笑著對孟森說：「孟董，這位林小姐可是我們請來的客人，給我個面子，請你還是讓開吧。」

孟森惡狠狠地說：「傅華，這是我跟林小姐之間的事，你最好不要插手。」

此刻是容不得傅華退縮的，他必須維護好林珊珊的安全，不能讓孟森傷到了她，他也不怕孟森，就笑笑說：「孟董，我是負責接待林小姐的，她的事就是我的事，我想還是請你讓開吧。」

丁益看情形不對，也過來幫忙勸說道：「孟董啊，林小姐也是我的客人，今天給我個面子，就請你讓開好不好？」

孟森叫了起來：「我給你面子，誰給我面子啊？丁益，這裏沒你的事，你給我站一邊去。」

丁益臉沉了下來，他對孟森如此不留情面，心裏也有點惱火，不過，他也知道孟森是個無賴，並不好惹，就看了看孟森，把心中的火氣往下壓，笑了笑說：「孟董，大家都是海川地面上的人物，抬頭不見低頭見的，還是給我留點面子吧。」

孟森卻絲毫不顧丁益面子，他滿肚子都因為林珊珊而充滿了怒火，就一把把丁益給推開，嚷道：「你滾一邊去吧，我叫你聲丁總，是尊重你父親丁江，你還沒完沒了了。」

孟森又往前了一步，傅華擔心他對林珊珊不利，不得不也上前一步，擋在孟森的前面，說：「孟董，請你克制一點，不要在客人面前丟我們海川人的臉。」

孟森瞪著傅華說：「姓傅的，你算什麼東西啊，竟敢來教訓我。」

傅華冷笑一聲，說：「我不算什麼東西，但是今天我必須保護林小姐的安全，我勸你趕緊離開，不然我可要報警了。」

孟森耍流氓地說：「不行，我今天非要這個小妞給我道歉不可。」

這時，傅華身後的林珊珊不甘示弱地叫道：「想讓我給你道歉，你憑什麼啊？傅哥，你讓開，我看他能把我怎麼樣，天底下還有沒有王法啦？」

林珊珊說著就想走到前面去，傅華氣惱這大小姐還真是不知天高地厚，也不看看跟在孟森旁邊的那些人，一個個都是一臉橫肉的，沒一個善類，好漢不吃眼前虧，我都不敢招惹他了，你卻來火上添油啊。

孟森沒想到林珊珊這麼囂張，越發的惱羞成怒，伸手就來拉傅華，想推開傅華，去抓林珊珊。這時孟森帶來的人見狀，也跟著準備要圍過來。

傅華看看場面越發嚴重，已經無法善了，就用力地推開孟森，給林珊珊空出一條路來，叫道：「珊珊，你快走，先回酒店等我。」

林珊珊這時看出情形不太對了，就想要快步跑出酒店，沒想到孟森帶來的人身手更敏捷，一下搶在了她的前面，擋住了她的去路，一步步又把她逼回了傅華身邊。

傅華三個人被孟森帶來的人包圍住，這些人一個個抱著胳膊，冷冷的看著他們。

傅華伸手將林珊珊護在身後，怒視著孟森，叫道：「孟森，你想幹什麼，你可要知道你這麼做的後果。」

孟森冷冷地說：「傅大主任，你別這麼兇，你放心好了，我也不想幹什麼，就是想教教這個美女知道什麼叫禮貌。林大小姐，你給我聽好了，今天你不給我老老實實的說聲對不起，我是不會放你們走的。」

孟森這麼說，傅華心裏放鬆了一點，看來孟森也不是一點顧忌都沒有，他可能也不想太過為難林珊珊，於是傅華回過頭去看了看林珊珊，用眼睛示意要她對孟森說聲對不起，好可以趕緊脫身。

林珊珊也被這些兇神惡煞給嚇到了，只好低聲說道：「對不起了，孟董。」

孟森故意說：「你說什麼，林大小姐，我沒聽清楚。」

林珊珊氣惱地瞪了孟森一眼，大聲叫道：「對不起了，孟董。」

孟森這才笑道：「這還差不多。」

然後孟森湊到了林珊珊面前，用眼睛不斷上下打量著林珊珊，看得林珊珊渾身發毛，這才說道：「林大小姐，傅主任大概沒告訴你，我孟森是什麼人吧？」

林珊珊這時自然不敢再去招惹孟森，便老實的點了點頭，說：「是，傅哥沒跟我說過你。」

孟森笑笑說：「那讓我來告訴你，我孟森在海川地面可是個跺跺腳地都會顫動的人，還沒有人敢不給我面子，這也是傅主任和丁總雖然討厭我，卻不得不對我客氣的原因，你明白了嗎？」

林珊珊害怕的點點頭，說：「我明白了。」

傅華看孟森面子也找了，就對孟森說：「孟森，你夠了吧？」

孟森邪邪的笑著說：「夠了，傅主任，你們可以走了。」

傅華趕忙跟丁益護著林珊珊往外走，孟森還在他們身後笑著喊道：「慢走了，林大小姐。」

傅華可以感受到林珊珊身體顫抖了一下，知道這個天不怕地不怕的大小姐這次真是受到教訓了。

出了酒店，丁益就開車送傅華和林珊珊回海川大酒店，傅華和丁益都感覺很沒面子，尤其是丁益還被孟森說他靠的是父親丁江，更是被戳到了痛處，一路上誰也不說話。

到了酒店門口，丁益停車，讓傅華和林珊珊下了車，跟傅華打了聲招呼，就開車離開了。

傅華送林珊珊到房間門口，強笑了笑說：「對不起啊，珊珊，沒想到會讓你遇到這麼不好的場面。」

林珊珊此時平靜了一些，看看傅華說：「傅哥，這究竟是什麼人啊，怎麼這麼囂張？」

傅華苦笑了一下，說：「這傢伙是個混混，這些年賺了點錢，就開始呼風喚雨起來了。」

林珊珊抱怨說：「這種人你們政府為什麼不管管？你看他今天的行徑，簡直就是流氓嘛。」

傅華說：「他這些年透過漂白變成生意人，政府也抓不到他違法的證據，想管也管不了他啊。」

林珊珊氣憤地說：「那今天這件事就這麼算了？」

傅華苦笑說：「不算了又能怎麼樣？」

林珊珊說：「報警啊？你原來不是說要報警的嗎？」

傅華說：「這警怎麼報啊，孟森又沒對我們怎麼樣，我總不能說孟森逼你道歉了吧？」

其實今天這件事，傅華覺得林珊珊也有不對的地方，如果她不去惹孟森，孟森也不會這麼對他們。

林珊珊忿忿地說：「這孟森可真夠狡猾的，我說他怎麼不動手啊？算了，報了警還不夠丟人的。」

傅華勸說：「珊珊，你別生悶氣了，孟森這樣的人是個特例，我們海川的人可不都是這個樣子的。」

林珊珊笑笑說：「我知道，剛才傅哥你就很維護我。」

傅華說：「可惜我不是武功高強的俠客，不能打得孟森跪地求饒。」

林珊珊一聽，笑了起來，說：「傅哥，你一副文質彬彬的樣子，根本就不是人家的對手。」

傅華看了看林珊珊，說：「珊珊，這件事你不會跟你父親說吧？」

傅華有些擔心林珊珊如果跟林董說了這件事，林董會覺得海川的投資環境不佳，從而放棄在海川的投資。卻不知道林珊珊也不想林董放棄在海川的投資，如果林董放棄了，她就沒機會來海川跟孫守義相會了。

林珊珊笑笑說：「傅哥你放心吧，我不會跟我父親說的。」

傅華鬆了口氣，說：「那就好，不過，這件事我會跟領導彙報的，不會這麼輕易就放過孟森的。」

林珊珊問：「你是說要彙報給孫副市長嗎？」

傅華說：「是啊。」

林珊珊擔心地說：「這會不會讓他很為難啊？我聽說他是新來的領導，處理起這件事情來可能不太方便，要不就算了吧。」

傅華沒想到林珊珊會突然這麼通情達理起來，這可是令人很意外。

他一時想不通其中的緣由，不過，這件事是必須要彙報給孫守義的。孟森這麼一鬧，消息肯定就馬上傳開了，就算傅華不彙報，也是會傳到孫守義耳朵裏的。

傅華說：「我會跟孫副市長私下說，看他如何處置。」

林珊珊不方便阻攔傅華，便笑笑說：「那就隨便你了。好吧，我進房間了。」

傅華點點頭，「再見。」

傅華看看時間，剛剛好是下午上班時間，不知道孫守義現在在幹什麼，就試著撥他的電話。

孫守義倒是馬上就接通了，說：「有什麼事啊，傅主任？」

傅華報告說：「孫副市長，有件事我需要跟您彙報一下，您現在有空嗎？」

孫守義說：「你過來吧，我在辦公室。」

傅華就去了孫守義的辦公室。坐定後，便就跟孫守義講了中午吃飯遇到孟森的經過。

孫守義一聽，臉色就變了，竟有人敢這樣對他的情人！他一拍桌子，道：「這個孟森這麼囂張？海川的警方都是幹什麼吃的，竟然讓這樣一個流氓橫行霸道！」

說著，孫守義便伸手去拿電話，想打電話給公安局局長，讓公安局局長想辦法處置一下孟森，好給林珊珊出這口惡氣。

傅華忙按住了孫守義的手，對孫守義說：「孫副市長，我跟您報告這件事，不是讓您馬上就做出什麼處分。您先冷靜一下好不好？」

孫守義看了一眼傅華，說：「傅主任，我冷靜什麼？這種惡棍就是被你們這些冷靜的人縱容，才會這麼無法無天的。我不能再這麼放任下去，再這樣下去，會養虎為患的。」

傅華勸說：「孫副市長，我不是要縱容他，而是您想沒想過，您現在能怎麼處置他？孟森可不是普通的小混混，這傢伙心狠手辣，又很有頭腦。除非你有完全的把握，否則是不能輕易招惹這種人的。」

孫守義想了想，他知道傅華說的很有道理，他無法拿孟森怎麼樣，就算是報警，孟森的行為頂多也是流氓的滋事行為而已，頂多被拘留幾天，這不但於事無補，還公開開罪了孟森。

這種惡棍事後一定會想辦法報復自己。可不要打虎不成反被虎咬啊。

孫守義收回了要去拿電話的手，看了看傅華說：「那傅主任你的意思是怎樣？」

傅華說：「我沒別的意思，只是目前最好還是不要動他。」

孫守義嘆了口氣，說：「對這樣的無賴，還真是沒有辦法。算啦，這口氣我先忍下來了。」

孫守義新到海川不久，腳跟還沒站穩，現在想去跟孟森這種地頭蛇去鬥，實力還不夠。孫守義選擇暫時隱忍，是很明智的。

孫守義很快克制了自己的情緒，傅華感覺他是一個能屈能伸的人。便說：「孫副市長，您別跟這種流氓生氣，犯不著，他必然會有倒楣的那一天，只是時機未到而已。」

孫守義點點頭，說：「你說得對，傅主任，這種人不值得我跟他生氣。對了，你覺得這件事會不會影響到中天集團的考察啊？」

傅華說：「我問過林珊珊，她說她不會跟她父親講的。這個女孩子雖然脾氣差了點，可是為人還不錯。」

孫守義開玩笑的說：「傅主任，你是不是喜歡上林小姐了？」

傅華趕忙說：「副市長，您真會開玩笑，您也不是不知道我結婚了，怎麼可以喜歡她呢？」

孫守義笑笑說：「喜歡是一種感覺，有時候男人喜歡女人是身不由己的，可不管你是不是結婚了。」

孫守義說這句話是有感而發，他和林珊珊就是在玩一種很危險的遊戲，可是他偏偏身不由己的陷了進去，無法自拔。

傅華急說：「副市長，這話可不能隨便說啊，如果傳到鄭莉耳裏，我可是要吃不了兜著走了。」

孫守義笑了起來，說：「好啦，你別害怕了，我不會那麼多嘴的。這麼說，我們晚上給中天集團餞行時，就不需要提這件事情了？」

傅華點點頭說：「我看暫且就不要提了。」

孫守義說：「行啊，你先回去吧，我們晚上見。」

傅華離開了孫守義的辦公室，孫守義本想打電話給林珊珊，問問林珊珊有沒有受到驚嚇，可猶豫了一下，就氣悶的放棄了。就算打去又能怎麼樣呢？頂多只能安慰林珊珊幾句，又不能做什麼替她出氣。

孫守義沒想到自己到海川來，會碰上這種事。他原以為自己從中央下來，又有趙老作後臺，到了地方上一定是備受尊重，起碼地方上的人表面上會對他客氣。哪想遇到了孟森這個流氓，讓他這個副市長顏面掃地。

第一次孟森闖進來非要敬他的酒時，他已經忍下來不去跟他計較。但這次孟森知道林珊珊是自己請來的客人，卻還對林珊珊如此不客氣，這就很耐人尋味了。明的是林珊珊，但看來實際是衝著自己來的。

看來他是遇到冤家了！

還真是邪門了，以前他沒跟孟森甚至孟副省長打過交道啊，為什麼他會這麼針對自己呢？這傢伙究竟想要幹什麼？

但無論如何，這筆帳是一定要討回來的，就算不為他自己，他也不能眼睜睜看著自己的女人被人欺負！現在需要的只是一個機會，孟森啊，你聰明的話就不要犯錯，只要你被我逮到，可別怪我不客氣。

孫守義正在心中暗自發狠，他的手機響了起來，是林珊珊的電話。他長出了口氣，轉換一下心情，接通了電話。

林珊珊試探著說：「孫副市長，你現在方便講電話嗎？」

孫守義笑笑說：「珊珊，我在自己的辦公室，說話很方便。」

林珊珊說：「我看傅哥已經回到酒店，才敢給你打電話的。」

孫守義關心地說：「他剛才跟我彙報了孟森的事，珊珊，你沒事吧？」

林珊珊笑笑說：「我沒事，守義，你不用為我擔心。我不過是向他道了個歉而已，嚇不壞我的。」

孫守義忍不住埋怨說：「你現在說起來輕巧，如果孟森今天真的動手打你了呢？你也真是的，老跟那個傅華混在一起幹嘛啊？」

林珊珊說：「守義，這可不能怪傅哥，他是怕我在酒店裏太悶，才好心叫我去吃飯的。」

孫守義突然惱火地說：「你別傅哥傅哥的叫好不好，他是你什麼人啊？叫的這麼親熱！」

林珊珊沒想到孫守義會突然衝著她發火，本來她被孟森欺負，心裏就很彆扭了，孫守義這一下，她也火了起來，叫道：「他是我什麼人，他是我的好朋友，我叫他傅哥又沒別的意思，你吃什麼乾醋啊？」

孫守義也叫道：「你是我的女人，我不喜歡聽你叫他哥。」

林珊珊不示弱地嚷道：「你這時候又知道我是你的女人了，下午我被人欺負的時候，站在我身邊保護我的可是傅哥，你在哪裡啊？你有本事別光衝著我發火，你把火使到那個混蛋孟森的身上，好好整一下那個王八蛋，這才叫我的男人。」

孫守義氣勢弱了下來，說：「珊珊，你別這樣，我也是因為沒法替你出這口氣才這麼氣惱的。」

林珊珊委屈說：「你沒辦法我也沒逼你啊，你為什麼把氣撒到傅哥身上了，你吃他的醋真是莫名其妙。」

孫守義苦笑了一下，說：「好啦，我錯了好不好？」

林珊珊這才釋懷，說：「這還差不多。守義，我打電話給你，不是想要對孟森怎麼樣，我是想問你，明天我就要回北京了，今晚我們能不能見見面啊，就像那天晚上一樣？」

因為孟森的事，孫守義覺得海川的環境比他想的更複雜許多，他可不想因為自己的行為不檢，給對手留下什麼把柄，跟林珊珊見面本就是很危險的行為，現在更因為這個孟森的存在而變成高度危險的了，於是說：

「珊珊，不行，現在我面臨的形勢比預想的複雜，晚上你還是好好休息吧。」

林珊珊氣說：「膽小鬼！我明天就要回北京了，這一來我們又要好久不能見面了。」

孫守義說：「你乖，我會儘快找機會回北京一趟的。」

林珊珊只好說：「好吧，你可要快一點啊。」

晚上，孫守義出面給中天集團餞行，林珊珊並沒受中午的事情影響，依然盛裝出席。不過她對傅華變得冷淡不少，孫守義已經不斷表現出對傅華的醋意，她再不克制一點，孫守義可能真會惱了。

宴會上，孫守義問林董對這次來海川考察的看法，林董笑了笑說：

「我很滿意，在我看來，海川這個舊城改造項目還真是大有可為啊，我會回去跟公司股東們商量一下，爭取他們的同意，再派人來海川進行深入的調研，只要調研結果令人滿意，我們集團肯定會跟海川結緣的。」

孫守義注意到林珊珊這時看了他一眼，他感受到林珊珊眼中的情意，孫守義怕別人看出什麼來，趕忙錯開了眼神，端起酒杯來，笑著對林董說：「林董，那我就等著您了？」

林董跟孫守義碰了一下杯子，說：「希望我們能有機會合作。」

第二天，傅華和林董一行人登上了回北京的飛機。

臨行前，傅華還是給金達打了個電話，說自己要回北京的事。

金達說：「我知道了，你回北京後，要加把勁，既然中天集團對我們的舊城改造項目很感興趣，你要儘量促成這件事啊。」

傅華說：「我會努力的。」

金達感覺傅華的語氣淡淡的，心想大概是上次他把話說重了一點，就又強調了一次：「傅華，上次時間匆忙，有些話我沒來得及講，可能你還不能理解我，如果你能把自己放到我的角度上去考慮問題，可能就不會有那些想法了。這社會不是非黑即白的，如果我什麼事情都那麼較真的話，怕是我這個市長位置也是坐不穩的，你明白嗎？」

傅華不知道金達從哪裡來的這麼理直氣壯，不過他還是想要提醒一下金達，便說：

「金市長，您為了維護自己的地位，可能在某些時候需要做一些妥協，這我理解，不過，有些東西可以妥協，有些是不能妥協的，商人為了謀取利益，可是無所不用其極，這時候你就要警惕不要上了他們的當，千萬不能為了眼前的一點小利，放棄了你做人的基本原則。」

金達沒有意識到傅華是在提醒他某些事情，他到現在還不知道錢總跟萬菊私下有往來，因此他自覺問心無愧，反而覺得傅華有些偏激了，就說：

「傅華，你說得很好，我們是要警惕商人收買的小動作，不過，你是瞭解我的，我這個人在這方面是能夠潔身自好的，所以你放心好了。」

傅華對金達還能這麼毫不愧疚的跟自己講這番話，心中很無奈，看來金達已經沒有絲毫羞恥心了。

傅華無話可說，經過短暫的冷場，金達便說：「行了，一路平安吧，我掛了。」

到了北京，林董和林珊珊有中天集團的人來接機，鄭莉接了傅華，於是在機場分了手。

回到家後，傅華愜意地躺到沙發上，不禁說道：「還是在自己家好啊。」

鄭莉笑笑說：「海川不是你的家鄉嗎？」

傅華說：「這些年在北京生活，越來越習慣這裡了，再說你不在我身邊，我總感覺少點什麼。」

鄭莉笑笑說：「誒，別這麼肉麻好不好？我看跟你一起回來的那個女孩子挺漂亮的，跟你也挺親熱的，這些天你在海川跟她是不是很愉快啊？」

傅華搖了搖頭，說：「你們這些女人啊，真是莫名其妙，怎麼什麼醋都吃啊？人家是中天集團的千金，會喜歡我一個有婦之夫嗎？」

鄭莉取笑說：「這麼說，你不是不喜歡她，只是因為你是有婦之夫，人家不喜歡你，所以你才不喜歡她囉？」

傅華笑了，說：「這樣的語病你也抓啊，小莉，你什麼時候變得這麼沒有自信了？」

鄭莉正要說什麼時，傅華的手機響了起來，是趙凱打來的。趙凱問說：「傅華，你從海川回來了？」

「是啊，爸爸，您怎麼知道我去海川了？」傅華問。

「我前天打電話去駐京辦，那個小羅接的電話，說你去了海川，今天回來。」趙凱回說。

「是這樣啊，您找我有什麼事情嗎？」傅華笑說。

趙凱說：「傅昭和趙婷回國了，你要不要見一見啊？」

傅華一下愣住了，說：「傅昭回來了？什麼時候的事啊？」

趙凱說：「就是前幾天，我打電話給你也是想跟你說這件事，John也一起回來了，小莉在你旁邊吧，你問她一下，看要不要一起過來？」

「她在我旁邊，你等我問一下她。」傅華轉頭去看了看鄭莉。

鄭莉已經在一旁聽到了，說：「你看我幹什麼，難道我會不去嗎？我也想看看傅昭和趙婷啊。」

傅華就對趙凱說：「爸，我們馬上就過去。」

趙凱就掛了電話。

傅華激動地站了起來，拿鏡子照了照，又摸摸頭髮，問鄭莉說：「小莉，你看我這樣子還行嗎？」

傅華只在傅昭很小的時候在澳洲見過，一晃過去這麼長時間，傅華看到的都是趙凱轉過來的錄影視頻，此刻要親眼看到兒子，心情自然是澎湃到極點。

鄭莉幫傅華整理了一下衣服，笑了笑說：「好啦，你這樣子挺好的，傅昭看到你肯定會很高興的。」

傅華有些緊張地說：「你說傅昭能認出我是他爸爸嗎？」

鄭莉不禁笑說：「就算他認不出來，父子之間是血脈相連的，他也很快就會跟你熟悉的。走吧，他們還在等著我們呢。」

兩人就去了趙凱家，按了門鈴之後，是趙婷開的門。

趙婷比以前顯得成熟了很多，已經褪去當初跟傅華在一起時的那種青澀，顯現出一種少婦的風韻。

傅華呆了一下，心中不禁百感交集，對趙婷強笑了笑說：「小婷，你好。」

趙婷也上下打量著傅華，這曾經是她那麼愛的一個男人，卻因為種種原因跟自己分道揚鑣，此刻再見，心中也說不出是一種什麼滋味來。

鄭莉看兩人不說話，知道舊情人相見難免有些尷尬，就上前一步，笑著說：「小婷，我可是好久沒看到你了，你樣子一點都沒變。」

鄭莉幫趙婷化解了尷尬，她笑笑說：「鄭莉姐，我看你才沒變呢，我可是老了。還是北京的水土養人啊，你跟我走的時候一模一樣啊。」

鄭莉說：「胡說，你老什麼啊，誒，傅昭和你那位呢？」

「John和小昭在客廳陪爸爸說話呢，你們快進來。」趙婷招呼道。

傅華和鄭莉進了屋，趙婷衝著裏面喊道：「小昭，快出來，看看誰來了？」

一個小男孩從客廳走了出來，疑惑的看了看傅華和鄭莉，然後對趙婷說：「媽咪，這個叔叔和阿姨是誰啊？」

傅華立刻蹲下來，向傅昭招著手，說：「小昭，快過來，我是你爸爸，你小時候我們見過的。」

傅昭顯得有些困惑，說：「不對啊，爸爸在客廳陪著外公呢，媽咪。」說著，就躲到趙婷的身後去了。

趙婷趕忙解釋說：「傅華，你見他的時候他還小，根本就不記得你，他都是喊John爸爸的。」

這時John和趙凱也從客廳走了出來。

John還是那麼陽光，走過來伸出手說：「你好，傅。」

傅華跟John握了握手，說：「你好，John。」

John又對著鄭莉說：「這位美麗的女士就是傅的夫人吧？」

鄭莉說：「你好，John，我聽傅華說起過你。」

這時傅昭跑到John的身邊，說：「爸爸，這個叔叔說他是我爸爸，這是怎麼回事啊？我怎麼還有一個爸爸啊？」

John笑笑說：「小昭啊，他沒說錯，他也是你的爸爸。」

傅昭不解地說：「為什麼啊，小朋友不都是只有一個爸爸嗎？」

傅昭奶聲奶氣的話聽在傅華耳裏，分外有種心酸的感覺，差點掉下淚來。

當初為了孩子的教育問題，他同意趙婷去澳洲，當時覺得這個算盤打得很精，現在看來還真是大錯特錯，弄得兒子跟自己連見一面都難，不但錯過了陪兒子成長的過程，現在連兒子都不知道誰才是他真正的爸爸了。

這一切都看在趙凱眼中，他拍了拍傅華的肩膀，說：「傅華啊，你就別難過了，小昭還需要一個適應的過程，等跟你熟悉就好了。好了，你跟小莉一起過來坐吧。」

眾人就去客廳，傅華的目光一直圍著傅昭打轉，他伸手想要招呼傅昭到身邊來坐下，沒想到傅昭卻認生，不肯過來，反而坐到了John的身邊去了。

他這時更加意識到自己不是一個好父親，光顧著急急跑過來，都忘了給兒子買個玩具或者好吃的，弄得現在連一點拉近關係的手段都沒有。

傅華無奈的苦笑了一下，看了看John，說：「John，你們這次來北京準備住多久啊？」

John說：「可能要住一段時間吧，婷在那邊一直很想念北京，我就想讓她多住一段時間。傅，對小昭你別太心急，我跟婷會好好跟他解釋一下我們的關係，他是個聰明的孩子，我想他很快就會接受你的。」

趙婷也說：「是啊，傅華，我想小昭很快就會認你這個爸爸的。」

傅華無奈地說：「這是我這個做爸爸的失職，他不認我也很正常。你和John把他照顧得這麼好，謝謝你們了。」

John笑了笑說：「別這樣客氣，小昭也是我的兒子啊。」

傅華看了John一眼，心裏真不知道是該恨他還是感謝他，這個人總是表現得這麼紳士，讓他恨不起他來。

趙婷又看了看鄭莉，說：「鄭莉姐，你的服裝店現在經營的怎麼樣了？」

鄭莉笑笑說：「還不錯。」

趙婷說：「那我改天一定要過去看看啊。」

鄭莉說：「行啊，我們姐妹們還真是好久沒在一起聚聚了，回頭我叫上章鳳她們，大家好好聚一下。」

趙婷高興地說：「好哇，那就你來約吧，我回來後還沒跟她打過招呼呢。」

眾人又閒聊了一會，午飯的時間到了，趙凱招呼著眾人一起到餐廳去吃飯。在吃飯的過程中，傅華看出趙凱已經慢慢接受了John，不時會跟John說上幾句。

想想也是，畢竟John現在已經是他的女婿了，這是既成事實，趙凱只能接受了。

第十章

政治潔癖

傅華就講了金達老婆給錢總做顧問的事，
而他兩次想跟金達談這件事，卻都被金達給堵了回來。
趙凱聽完，不禁說道：「你這人是不是有政治潔癖啊？這麼點事你都看不下去啊？多少人比他要嚴重得多呢，你能管得了嗎？」

吃完飯後，趙凱說要回公司，讓傅華留在這裏跟傅昭好好相處一下，傅華答應了，趙凱就走了。

趙凱走了後，鄭莉也說下午公司有事要去處理，讓傅華獨自在這裏陪兒子玩。

傅華感覺鄭莉是故意回避，就說：「我還是跟你一起走吧，回頭我再過來。」

鄭莉笑笑說：「怎麼了，你下午又沒什麼事，留在這裏跟傅昭熟悉熟悉嘛。」

趙婷也說：「傅華，沒事你就留下來吧。」

「是啊，你跟小婷也很長時間沒見面了，留下來陪她聊聊天。」鄭莉說。

傅華看了鄭莉一眼，鄭莉笑著搖搖頭，示意說她沒關係，傅華也確實很想留下來陪小昭，就放鄭莉離開了。

John在一旁陪傅華他們說了一會兒話，看傅昭顯得有點睏了，就抱著他輕輕地拍哄著，小昭很快睡了過去。John就抱著傅昭去了臥室，客廳裏只剩下了趙婷和傅華。

傅華看了說：「哄兒子這些事都是John在做啊？」

趙婷笑笑說：「當然了，你又不是不瞭解我，這些事我可做不來。」

傅華不禁感慨說：「John還真是一個稱職的父親啊。」

趙婷說：「這一點他確實做得很不錯，他對照顧傅昭是樂在其中的。」

傅華看了看趙婷：「那你呢，在澳洲過得好嗎？」

趙婷說：「也不能說不好，不過時間長了，就想起北京的好了，澳洲終究是白人的世界，總不如在北京過得自在。人有時候挺矛盾的，當初也不知道為了什麼非要過去。」

傅華又問：「那你這次回來是怎麼打算的，是長住呢，還是過段時間就回去？」

趙婷聳聳肩說：「還沒想呢，我這人是沒什麼打算的，過段時間再說吧。誒，我看你跟鄭莉處得不錯啊？」

傅華笑笑說：「是不錯，鄭莉對我挺好的。」

趙婷不禁道：「她對你好是自然的，我早就知道她喜歡你，你忘了，我為了她還跟你鬧過幾次呢，說來我離開你也是成全了她。看你們倆現在多幸福啊。」

傅華說：「我們是很幸福，不過，你跟John也挺不錯的啊。他對傅昭那麼好，對你也不會差了。」

趙婷嘆了口氣說：「他對我是挺好的，什麼事都順著我，不過，我總感覺少點什麼似的，大概他太順著我了，讓我覺得少了點男人味。傅華，我是不是有點不知足啊？」

傅華笑笑說：「你別這麼想，人哪有十全十美的？我當初沒順著你，可是你不還是離開我了嗎？John也有他的好處啊。」

趙婷搖了搖頭，「也許吧。傅華，你是不是心中還在恨我啊？」

傅華說：「沒有了，當初是我沒照顧好你，再說，我現在跟鄭莉過得挺好的，以前的事情早就忘記了。」

趙婷卻說：「可是有些事情是無法忘記的，就像我現在常常想起當初我跟你在一起的許多事，那時候我一時見不到你，心裏就沒著落，只想趕緊見到你，可是我跟John就沒這種感覺。」

傅華不知道趙婷這麼說是什麼意思，他看了看她，正好碰到她也在看他，眼神中似乎含有那麼一種懷念過去的味道，他趕緊把眼神躲閃開，不管怎麼說，他和趙婷是不可能回到過去了。

傅華趕忙站了起來，說：「John怎麼不出來了，我去看一下。」

傅華走去臥室，看到John正滿面含笑的看著熟睡的傅昭。John看到傅華過來，做了一個噓的動作，站起來輕手輕腳的拖著傅華走出了臥室。

傅華暗自想道，他明白為什麼傅昭會跟John這麼親了，這個洋人對傅昭和趙婷還真是全心全意的。

兒子既然睡了，傅華覺得沒有留下來的必要了，便說：「小昭既然睡了，那我就回去了。」

傅華心情落寞的回到自已家，進門之後，卻看到鄭莉在家，問道：「小莉，你不是公司有事嗎？」

鄭莉笑了笑說：「我沒事，我是想給你機會好跟趙婷敘敘舊，我怕我在那裏，你有些話不好說出口。」

傅華把鄭莉攬了過來，說：「我跟趙婷沒什麼不好當你面說的的事情，你現在才是我最親的人。」

鄭莉笑笑說：「你還有傅昭啊，他是你的兒子啊。」

傅華苦笑了一下，說：「他都不知道我是他爸爸了，我這個做父親的也是夠不負責任的了。你不知道，剛才我看到John看著傅昭睡覺的那個樣子，我感覺John才真像他的父親。」

鄭莉說：「那個John看來確實是個好男人，難怪趙婷會說他nice。」

傅華笑了笑，沒說什麼。他沒辦法告訴鄭莉，趙婷對John的好感已經成為歷史，現在她又開始嫌這個男人對她太過順從，讓她受不了了。

只能說趙婷的心還真是難以捉摸啊。

第二天，傅華去駐京辦上班時，接到了丁益父親丁江的電話。

丁江笑著埋怨說：「傅華，你不夠意思啊，回海川也不跟我吃頓飯，是不是嫌我老了，跟你們年輕人沒有共同話題了？」

傅華笑說：「我是不好意思去打攪您。您找我是不是有事啊？」

「是這樣。我聽朋友說，你和丁益為了一個女人跟孟森鬧得很不愉快，我有些奇怪，丁益那小子做事沒分寸，你老弟可不是這樣子的人啊，究竟是怎麼回事啊？」丁江好奇地問說。

傅華解釋道：「這件事可不怪我和丁益。事情是這樣，那個女孩是中天集團林董的女兒，我和丁益當時正和她一起吃飯，孟森耍流氓，故意為難她不讓走，這種情形下，才和孟森衝突了起來。您也知道孟森是個什麼樣的人，我和丁益會為了一個女人跟他爭風吃醋嗎？那樣子豈不是掉我們的身分？」

丁江聽了說：「原來是這樣子啊，我還以為丁益又招惹上什麼女人了。」

傅華笑笑說：「丁益不會的，他做事很有分寸的。」

丁江罵說：「什麼有分寸啊，有分寸，他會去招惹關蓮那種女人嗎？哎，因為關蓮的事，現在我們天和房地產在海川的業務幾乎處於停頓的狀態，很多以前的老朋友見了我都躲著走。你說，為了一個女人把公司鬧成這個樣子，值得嗎？」

傅華笑笑說：「這次回去，我聽丁益說，他已經很後悔當初這麼做了。」

丁江說：「他能後悔還算是有點良心，你不知道啊老弟，這個公司是我一手建立起來的，現在被他搞成這樣，我心裏真是不是滋味啊。」

傅華勸說：「您也別著急，我想天和的困難只是暫時的，等過些日子，人們就會把這段事情給忘掉的，那個時候憑丁益的能力，你們公司的業務一定會恢復的。」

丁江嘆說：「那不知道要等到什麼時候了。誒，老弟啊，我聽說你這次帶回海川的中天集團是去考察城區舊城改造項目的？他們現在是什麼意向啊？」

傅華說：「林董對考察結果很滿意，不過還沒做最後的決定，他還要徵求股東們的同意，做了市場調研後，才能最後定案。」

丁江又問：「那市裏是什麼態度呢？」

傅華說：「市裏當然是歡迎啊，金達市長和孫副市長對這個中天集團都很重視。怎麼了，您問這個，不是您也對這個項目感興趣吧？」

丁江說：「我是很感興趣，舊城改造項目位於城市的中心地帶，這麼大的黃金地塊現在很難找到了。不過，以我們天和現在這個狀況，是沒有實力獨自開發的，我就想是不是能跟中天集團來一次合作，你想，中天集團雖然是強龍，但是過了江之後，是不是也需要地頭蛇來配合一下呢？」

傅華明白丁江在想什麼了，他是想跟中天集團合作開發這個項目。丁江果然是老謀深算啊，他很清楚現在這個狀況他想拿這個地塊，市裏肯定會給他很大的阻力，以天和的實力也達不到。

反過來說，中天集團是市政府請去的開發商，市裏肯定會在很多方面給中天集團開綠燈的，也就是說，雖然天和是地頭蛇，但實際上，在某些方面反而是中天集團給這次合作帶來了便利。同時天和公司也可以借這次的合作走出目前的困境。

傅華不禁笑說：「丁董，您算盤打得還真精啊。」

丁江笑笑說：「這只是我個人的小算盤了，人家中天集團有沒有跟我們合作的意願還很難說呢。老弟，你既然可以請林董的千金出來跟丁益吃飯，是不是也可以幫我安排一下，跟中天集團接觸一下啊？」

傅華想，既然中天集團手頭的資金並不是很寬裕，倒也不是沒有跟天和合作的可能，就說：「這我沒法立即答覆您，我要問一下林董，如果他有合作的意向，我再跟您說好不好？」

丁江說：「那我就等老弟的好消息了。」

丁江就掛了電話，傅華開始思考著要如何去跟林董說這件事，這時電話再次響起，這次是趙凱，他趕忙接通了。

趙凱說：「你中午有安排嗎？」

傅華說：「還沒。」

「那過來通匯集團跟我吃飯吧，我想跟你聊聊。」趙凱說。

「好，我馬上就過去。」

傅華趕去通匯集團，趙凱已經在餐廳等著他了。

趙凱看了看傅華，說：「昨天你怎麼那麼早就回去了？我原來還以為吃晚飯的時候能再看到你呢。」

傅華笑說：「後來小昭睡著了，我留在那兒也沒什麼意思，就先回去了。」

趙凱用詢問的眼神看著傅華說：「是不是小婷跟你說什麼了？」

傅華把眼神躲開了，他不想在趙凱面前撒謊，可是趙婷說的話又讓他很尷尬，就笑了笑說：「她也沒說什麼。」

趙凱質疑說：「真的嗎？」

傅華說：「真的，我們就聊了幾句現在過的好不好之類的閒話，我就離開了。」

趙凱又說：「傅華，那你知道小婷準備回北京來生活了嗎？」

傅華對此並不意外，他已經隱約感覺到趙婷會回來，加上趙婷昨天對他說的那番話，他就知道趙婷還是留戀在北京的生活。

傅華笑笑說：「回來也好，這裏畢竟是她從小長大的地方，再說，也可以互相有個照應。」

趙凱瞅了傅華一眼，說：「你一點也不意外，看來你早知道小婷在想什麼了。」

傅華說：「我並不十分瞭解，只是覺得以小婷的個性，她還是會覺得在北京生活的比較習慣吧。」

趙凱語帶玄機地說：「你不會認為事情就這麼簡單吧？」

傅華知道趙凱想說什麼，可是他並不想由自己去戳破這個謎底，就笑笑說：「您也不要把它想得太過複雜了。」

趙凱看著傅華，搖搖頭說：「傅華，你也開始在我面前不說實話了，小婷是我女兒，她在想什麼，難道我會不知道嗎？昨晚她一跟我說要回來，我就知道她對澳洲已經厭倦了，甚至可能對John也厭倦了。」

趙凱果然眼神十分銳利，一下就看穿了趙婷的想法，傅華心知事實如此，卻不好表示什麼，就回避說：「不會吧，爸爸，您是不是太敏感了，我看小婷跟John相處得挺好的。」

趙凱不滿地說：「你別在我面前裝了，傅華，小婷的個性你比我更瞭解，恐怕昨天你就是看出這一點，才早早離開的吧？」

傅華苦笑說：「我倒沒爸爸您這麼厲害，是小婷自己說她很想念以前跟我在一起的日子，我才知道她在想什麼的。」

趙凱看了看傅華，說：「那你是怎麼想的？」

傅華說：「我還能怎麼想啊？小婷愛怎麼想是她的自由，我是肯定不會再去招惹她了。其實我感覺John這個人挺好的，對小婷和傅昭也很好，我希望就算他們回北京生活，我們彼此之間的關係也不要改變。」

趙凱嘆了口氣，說：「John這個人什麼都好，就是有一點不好，那就是太順著小婷了。小婷不是那種喜歡處處聽她話的男人，當初你就是處處讓她難堪，才能馴服她的。哎，傅華，小婷這麼一鬧，我真是頭大了。她如果再跟John鬧離婚，我趙凱真是成了人家的笑柄了。」

傅華握了一下趙凱的手，說：「爸爸，您也別太擔心了，事情也許不會到那個地步。」

趙凱搖搖頭說：「小婷的脾氣你又不是不知道，她既然起了這個念頭，恐怕很快就會付諸實施了。」

傅華只好說：「爸爸，如果真是那樣，我勸您還是看開一點吧，現在這個社會也不是不能接受這種情形。您就別去管他們的事了。」

趙凱嘆說：「你話說得輕鬆，我能不管嗎？當初小婷跟你離婚的時候，我就很難過了，現在再來搞一次，我可真的是經不起了。傅華，你可不可以幫我勸一下小婷啊，我覺得在她面前，你比我更有說服力。」

傅華尷尬地說：「爸爸，這件事由我來說好嗎？」

趙凱說：「你就幫我說一下嘛，我也是實在沒招了啊。」

趙凱這麼說了，傅華無法再拒絕，只好說：「那我試試吧，只是您讓我怎麼跟她說啊？」

趙凱說：「你勸她還是回澳洲去吧，那邊的環境也適合小昭的成長。」

傅華點點頭說：「好吧，我試著勸她一下看看。」

兩人就開始吃飯，傅華心中發愁著要如何去跟趙婷說這件事，沒什麼心思跟趙凱攀談，氣氛一下就沉默了。

過了一會兒，趙凱沒話找話的說：「傅華，最近工作怎麼樣啊？還順利吧？」

提到工作，這又是一件添堵的事情，

在知道金達跟錢總有勾結的情況後，傅華有點不知道該如何跟金達相處。趙凱在工作方面向來是他的精神導師，現在既然他問起，索性跟趙凱討論一下，看他對這件事情怎麼說。

傅華大吐苦水說：「爸爸，說到工作，我還真有件事想請教您，希望您能給我一點意見。」

傅華就講了金達老婆給錢總做顧問的事，而他兩次想跟金達談這件事，卻都被金達給堵了回來。

趙凱聽完，不禁說道：「你這人是不是有政治潔癖啊？這麼點事你都看不下去啊？多少人比他要嚴重得多呢，你能管得了嗎？」

傅華苦笑了一下，說：「我知道現在社會風氣普遍都是這個樣子，可是那些人不是我的朋友，金達卻是我的朋友，我總不能看著他犯錯不管吧？」

趙凱搖搖頭說：「傅華，有句話你應該聽過，水至清則無魚，人至察則無朋。沒有人是一點錯誤都不犯的，你這種凡事都高標準的樣子，別人是很難跟你做朋友的。幸好你被金達堵了回來，你想過沒有，你要真的把話都說出來，你們這個金市長會怎麼看你啊？你覺得他會對你感激嗎？還是被你說中了，惱羞成怒呢？」

傅華說：「這個我還真是沒認真想過，不過按照我對金達的瞭解，他應該不會惱羞成怒吧？」

趙凱笑說：「你真的瞭解他嗎？如果他真的像你瞭解的那麼好，你覺得他老婆還能去做一家企業的顧問嗎？」

傅華沒話說了，這是他最無法釋懷的一點，覺得自己所識非人。

趙凱又說道：「你好好想想吧，傅華，這件事你問我的意見，我勸你就當不知道好了，我想你之前所以跟徐正、穆廣都處得不好，也許也是和你這種政治潔癖的個性有很大的關係。你來北京好一段時間了，什麼樣的情形都見過，有些地方還是不要那麼堅持比較好。」

傅華苦笑了一下，說：「這麼說，責任還在我了？」

趙凱說：「你這話說對了，為什麼你做了這麼多年的官，還會為金達這麼一點小事感覺到痛苦呢？你想沒想過根本的原因在哪裏？原因就在於你身處官場這個大染缸，卻不想被官場染黑，還想保持那麼一點點的廉潔，眾人皆醉你獨醒，你覺得這是可能的嗎？」

傅華的心被刺痛了，他痛苦地說：「爸爸，我不相信官場上就沒有一個堅持原則的人。」

趙凱笑笑說：「不是沒有，你不就是一個嗎？但是除了你之外，還有誰呢？」

是啊，還有誰呢，連自己覺得最瞭解的金達也放棄了他的原則，這世界上還有誰在堅持呢？

傅華心中不免有些悲傷，到這時候他才明白，他實際上是形隻影單的。他身邊並沒有跟他志同道合的人，有的只是那種為了利益可以出賣原則的人。

趙凱看傅華神色黯淡，知道他心裏不好受，就拍了拍傅華的肩膀，笑了笑說：

「你也別去怪金達了，現在這社會你又不是不瞭解，《孔子家語》中有一段話，不知道你讀過沒有：『孔子曰，吾死之後，則商也日益，賜也日損。曾子曰，何謂也？子曰，商也好與賢已者處，賜也好不若已者。不知其子，視其父；不知其人，視其友；不知其君，視其所使；不識其地，視其草木。故曰：與善人居，如入芝蘭之室，久而不聞其香，即與之化矣；與不善人居，如入鮑魚之肆，久而不聞其臭，亦與之化矣。丹之所藏者赤；漆之所藏者黑。是以君子必慎其所處者焉。』」

傅華知道這段話見於《孔子家語・六本》之中，文中的商，即孔子的學生子夏，賜即子貢，都是孔子有名的門徒。這些話的意思是，子夏喜愛同比自己賢明的人在一起，所以他的道德修養將日有提高；子貢喜歡同才質比不上自已的人相處，因此他的道德修養將日見喪失。

原因何在呢？於是孔子舉了一連串比喻，說明交友和環境對人品性的影響作用，最後以與善人居，如入芝蘭之室，久而不聞其香，即與之化矣和與不善人居，如入鮑魚之肆，久而不聞其臭兩個對比例子，得出結論：人一定是會受其所處環境所影響的。與好人相處多了，也會不自覺的變成好人；與壞人相處多了，也就不自覺的變成了壞人。

傅華點了點頭，說：「我讀過這段話。」

趙凱笑笑說：「既然你讀過這段話，就應該知道人是社會動物，為了適應這個社會，必然會自覺或不自覺地向社會做一些妥協。你看看你身邊的這些人，誰是沒向社會做過妥協的。我是妥協了的，蘇南也是妥協了的，那個劉康更是整個跟社會同流合污，你看到這些，是不是就會覺得金達的行為不那麼不能接受了？」

傅華苦笑了一下，說：「可是看到一個好朋友放棄掉了他的原則，還是很令人痛心的。也許當初我就不應該走上仕途這條路吧，我現在越發覺得自己跟這個官場格格不入了。」

趙凱笑了起來，說：「你這話說得太過天真了，就算你不走仕途，走別的路還不是一樣嗎？在現今這個社會，哪個行業不是一樣的呢？我跟你講，前段時間我碰到了以前一個同學，他是一名教師，教師這個行業夠神聖了吧？你是不是覺得他不會遇到官場這些亂七八糟的事呢？可實際上呢，他都一大把年紀了，還為了考評成績，去給校長送禮。現在就是這種社會，世風日下，你無法說什麼的。」

傅華聽了，只有無奈地說：「算了，爸，我不跟您說這些了，越說越令人灰心。小婷那邊我會找機會跟她談一下的，我回去了。」

趙凱說：「行，你跟她好好談談吧，記住，你別讓她覺得有機會。」

傅華點點頭，他明白趙婷如果真的要回北京來，自己可能是最大的因素，自己還真是不能讓她覺得有什麼機會。

下午，回到駐京辦後，傅華打電話給林珊珊，想問一下中天集團去海川投資的事。

林珊珊接通了，說：「傅哥，你找了一個好老婆啊，嫂子看上去好有氣質啊。」

傅華笑說：「你的意思是不是說我老婆很醜啊？」

林珊珊笑了起來，說：「誒，我可沒這個意思啊。我是覺得嫂子落落大方，真是很襯你啊。」

傅華笑笑說：「這麼說還差不多。誒，你在幹嘛？」

林珊珊說：「沒在幹嘛，在家裏，你找我有事嗎？」

傅華說：「是想要問你，你父親有沒有召集股東研究海川的項目啊？」

林珊珊說：「傅哥，你這麼急著要把我們公司的錢騙過去啊？」

傅華說：「別瞎說，你們公司來海川投資是互惠的事，怎麼是騙呢？再說，林董精明著呢，如果沒有利益可圖，他也不會來我們海川啊。」

林珊珊笑笑說：「行了，我跟你逗著玩的。不過，傅哥，你是不是也太急了一點啊，召集股東商量也需要時間，我父親昨天才回來，肯定要先處理一下公司的事務，然後才能開股東會啊。怎麼，市政府那邊催你了？」

傅華說：「那倒沒有，是這樣，你還記得那天吃飯的丁總嗎？」

林珊珊笑笑說：「當然記得了，這才幾天的事情啊。」

傅華說：「丁總的天和房產公司也想參與這塊舊城改造的項目，但是他們公司的實力不足以單獨開發，就想要我問一下你父親，有沒有跟他們合作開發的可能。所以我才想問問你中天集團現在是個什麼態度。」

林珊珊聽了說：「這樣子啊，這個天和公司倒挺會找機會的。」

傅華笑笑說：「大公司都是這個樣子的，誒，那天被那個孟森給鬧的，我都忘記問你，你對那個丁總的印象怎麼樣啊？」

林珊珊笑了笑說：「什麼印象啊？」

傅華說：「當然是你覺得好不好啊？」

林珊珊說：「還好吧，那個丁算是帥啦，不過跟傅哥你還有一段差距。」

傅華笑笑說：「又來瞎說，我跟丁總怎麼比啊，他有財有貌，我有什麼啊？誒，珊珊，我覺得你跟他倒是很般配的，你們兩家又是門當戶對。」

林珊珊笑了，說：「去你的吧，原來那天叫我去吃飯，你是想做媒人啊？」

傅華說：「那你看不看好丁總啊？」

林珊珊說：「你可別瞎撮合啊，那個丁總雖然挺帥的，可是他不是我的菜。傅哥，我喜歡的男人是那種成熟穩重的，那個丁總總讓我覺得他很稚嫩。」

原來林珊珊並不喜歡丁益啊，傅華只好說：「那就算了吧，不過中天集團什麼時候有結果了，你可要跟我說一聲，我好跟林董談談合作的事。」

林珊珊笑笑說：「這件事我倒是能幫你，你等我消息吧。」

傅華就打電話跟丁江說明了一下情況，讓丁江再等些日子。

處理完，傅華想起趙凱要他跟趙婷談的事情，這還真是令人撓頭，這話要怎麼去跟趙婷說呢？說自己不歡迎趙婷回來？還是跟趙婷說已經回不到過去了？這個口怎麼開啊？某種程度上，傅華倒是不反對趙婷回來，那樣他就可以經常見到兒子了，可是要跟傅昭多親近的話，趙婷這個孩子的媽是繞不開的，趙婷又表示出對往日的懷念，這又成了親近傅昭的阻礙，傅華不能讓趙婷借傅昭來達到重溫舊情的目的，那樣就太對不起鄭莉了。

傅華左右為難，他悶在辦公室裏想了一下午，也沒想出解決之道。

外面的天不覺得黑了下來，傅華的手機響了起來，竟然是金達的電話，他愣了一下，看看時間已經是晚上七點多了，金達這時候突然打電話來是為什麼啊？但不管為什麼，這個電話必須要接。

傅華趕忙接通了電話，說：「您好金市長。」

金達笑笑說：「傅華，你在哪裡啊？」

傅華說：「我在辦公室呢，您有事嗎？」

金達說：「怎麼還沒下班啊？」

傅華說：「我想點事情，就忘記時間了。」

金達說：「你也別一心撲在工作上了，要注意休息。」

傅華有些不好意思，他其實不是為了工作才待到這麼晚的，就笑笑說：「也不是，金市長，我在想家裏的事。誒，您找我有什麼指示啊？」

金達說：「沒什麼，我是想起來你昨天跟我說的那番話，當時我沒細想，過後我回想了一下你的話，總覺得你話中有話，就想問你，你是不是有什麼話要跟我說啊？」

如果在昨天，金達這麼問的話，傅華肯定會問金達為什麼讓萬菊去給雲龍公司做顧問，但是傅華今天在趙凱的開導下，覺得自己應該學會去理解金達，不要再去質問金達了。因此笑了笑說：「沒什麼，只是當時突然有點小感觸而已。」

聽傅華這樣說，金達心中的疑竇打消了，說：「沒什麼就好，原來是我多心了，你跟我一向都有話直說，我不該多想的。對了，你剛才說家裏有事，什麼事啊？」

傅華說：「沒什麼，我前妻趙婷從澳洲回來了。」

金達說：「那不是很好？他們回來了，你不是多了跟兒子相處的機會了嗎？」

傅華笑笑說：「要是那麼簡單，我就不用這麼頭大了。」

金達明白裏面還牽涉到感情糾葛，就笑了笑說：「清官難斷家務事，那我就不跟你說了，你也早點回家，別讓鄭莉在家裏擔心。」

傅華說：「好的，我知道了。」

萬菊給錢總做顧問這件事，就在陰差陽錯之下，沒有在金達面前揭露出來，如果現在被揭露，萬菊還只是個被利用的角色，只要切斷跟錢總的聯繫，就不會對金達造成什麼傷害。

然而，這個禍根就這樣被隱藏了下來，它在金達不知情的情況下，隱蔽的發展壯大著，直到後來萬菊掉到錢總的陷阱中無法自拔的時候才爆發出來，而那個時候，這個禍根已經成了一枚重磅炸彈了。

結束了跟金達的通話，傅華趕忙打電話回家，鄭莉聽他要回家吃飯有些意外，說：「你也不早說，我沒準備你的飯啊，你這麼晚沒回來，我還以為你在外面有飯局呢。」

「要不，你出來，我們一起在外面吃吧。」傅華提議說。

鄭莉說：「有什麼特別的事情嗎？」

傅華說：「沒有，就是想跟你一起吃吃飯嘛。」

鄭莉笑笑說：「那好吧。」

兩人就約了家雅致的小餐館，傅華點了一些家常菜，叫了瓶紅酒，吃了起來。

吃飯中，傅華因為有心事，情緒總是提不起來，鄭莉看了，便問：「怎麼了，老公，你是不是有什麼心事啊？」

傅華看了鄭莉一眼，說：「小莉，我跟你說件事情，爸爸說，小婷要回北京長住了。」

鄭莉笑笑說：「回來就回來吧，這也沒什麼啊。」

傅華看看鄭莉的表情，確信她不是故作輕鬆，這才說道：「爸爸卻不這麼想，他擔心趙婷是厭倦了澳洲的生活。」

鄭莉聽了笑說：「你乾脆就直說爸爸是擔心趙婷厭倦John好了。」

傅華心裏緊張了一下，說：「小莉，你已經猜到了？」

鄭莉笑笑說：「原本還沒有，不過看你說話時緊張的樣子，我心裏就有數了。你是擔心趙婷會來糾纏你嗎？」

傅華反問說：「難道你不擔心嗎？誒，你怎麼一點都不緊張啊？哦，小莉，原來你根本就不在乎我啊。」

鄭莉握了握傅華的手，說：「我怎麼會不在乎你呢？我們經歷了那麼多事才在一起。我不是不在乎你，而是對你有信心，我相信你知道自己該怎麼做的。」

傅華原本擔心鄭莉會對這件事想太多，現在聽鄭莉這麼說，不禁鬆了口氣：「你這麼一說我心裏輕鬆了很多，小莉，謝謝你這麼信任我。」

鄭莉笑笑說：「這世界上，我想再沒有人比我瞭解你了，我又怎麼會不信任你呢？」

鄭莉又問：「爸爸告訴你這件事，是想你怎麼做啊？」

傅華說：「他想讓我勸趙婷打消這個念頭。」

「你覺得趙婷會聽你的嗎？」鄭莉問。

傅華搖搖頭，說：「我想大概不會。她打定主意的事，向來是不會改變的，爸爸就是沒辦法勸得動她，才想讓我出面的，不過我也一點把握都沒有。」

鄭莉勸說：「既然這樣，索性就不要去做無用功好了，其實趙婷回北京長住，倒也不是壞事，起碼她把小昭帶回來了，我們可以跟小昭多相處一下。」

當第二天趙婷出現在自己辦公室的時候，傅華在心裏苦笑了一下。他昨晚還想著要暫時控制住見傅昭的念頭，在這段時間內不去見趙婷，好儘量避免陷入趙婷跟John之間的感情糾紛，沒想今天趙婷就找上門來了。

趙婷打量了下傅華的辦公室，笑笑說：「傅華，我走這幾年，你的辦公室沒什麼變啊？」

傅華說：「變什麼啊，我也不是那種跟流行的人。誒，你怎麼一個人來了，小昭和John呢？」

趙婷笑笑說：「他們在家呢，我有事想跟你商量一下，就沒帶他們過來。」

傅華知道自己是躲不過去了，就笑笑說：「坐吧。」

兩人去沙發那裏坐了下來，傅華給趙婷倒了杯茶，趙婷說：「你也不問我什麼事情，看來爸爸已經跟你說了吧？」

傅華點點頭：「他跟我說了，你要回北京定居，是嗎？」

趙婷說：「是啊，看來我不在北京這兩年，你跟我爸相處得比我還好。」

傅華說：「他老人家對我一直很好，你也知道，我很小就沒有父親，感覺跟他在一起就像跟父親一樣那麼親切。」

趙婷笑笑說：「我也想多陪陪自己的父母啊，所以想回北京了，你不反對吧？」

傅華苦笑著說：「你的事情我還有反對的份嗎？你一向是想做什麼就做什麼的，我想你不用問我的意見，心中就已經有了決定了。」

趙婷說：「不管怎麼樣，你是小昭的父親，我要改變他的生活環境，自然需要徵求你的意見了。」

傅華看了看趙婷，問道：「這件事你問過John的意見嗎？他願意來北京定居嗎？」

趙婷笑說：「他的意見問不問無所謂的，他一向對我很順從，我想這次他也不會有什麼意見的。」

傅華急說：「小婷，你怎麼能這樣不尊重John呢？他在澳洲生活得好好的，你一句話就要改變他的生活環境，你有沒有考慮到他能不能接受啊？」

趙婷看了傅華一眼，說：「傅華，你這是在關心John，還是在擔心什麼？」

傅華說：「我是關心John，他對你們母子很好，你這樣連問都不問就決定要留下來，是不是也太霸道了？這樣會傷害John和小昭的。」

趙婷反問說：「傅華，你這話就不對了，小昭是你兒子，你難道不希望他在這邊生活嗎？」

傅華說：「我當然希望了，可是John呢？你這樣John會快樂嗎？John如果不快樂，小昭也不會快樂的。」

趙婷反問道：「你怎麼知道John一定就不快樂？」

傅華說：「誰在沒有準備下突然換一個陌生的環境生活，會很快樂啊？」

趙婷無所謂地說：「他會很快適應的。」

傅華說：「如果到時候John反對你這個決定呢？」

趙婷冷笑一聲，說：「我還真希望他能反對，可是這幾年下來，我還從沒有從他那裏聽到什麼反對的意見，什麼事情他都是聽我的，我已經厭倦了這種事事都對女人唯唯諾諾的男人了，那種男人的骨氣怎麼在他身上一點都找不到呢？」

趙婷算是把心底的實話說了出來，她是厭倦了John的溫順。

傅華沒好氣的瞅了趙婷一樣，說：「你當初嫁給他，難道不知道他是個什麼樣的人嗎？不就是因為他事事都順著你，你才喜歡上他的嗎？現在又來嫌他？」

趙婷任性地說：「我當時以為他是喜歡我才那麼順著我，誰知道他會一直這個樣子？」

傅華搖搖頭，說：「好了，你愛怎麼做就怎麼做吧，這件事你也別問我的意見了，反正你已經決定了。」

趙婷眉頭皺了起來，說：「傅華，你就這麼不願意見到我，連我回來都不歡迎？」

傅華苦笑著說：「小婷，你始終不明白，你現在跟John才是夫妻，這個決定影響的是你和John、小昭三個人的生活。我不是不歡迎你回來，而是擔心John會過得不愉快，影響到你們的幸福。爸爸其實也是這個意思。」

「你們不要裝好人了！」趙婷嚷了起來：「我知道你和爸爸都對我當初嫁給John很不滿，現在看我在澳洲過得不愉快，你們高興了。」

傅華說：「小婷，你冷靜一下好不好，我和爸爸從來就沒有想看你笑話的意思。我們都希望你能過得幸福。」

趙婷說：「現在能回來生活，對我來說就是幸福了。」

傅華說：「我也不想干涉你，不過，我仍然希望你能事先徵求一下John的意見。」

趙婷不耐煩地說：「好啦，你煩不煩啊，這件事我能不跟John講嗎！」

傅華笑笑說：「那就好。」

趙婷說：「好了，這件事情談完了，你跟我說一下，什麼時間去看兒子啊？兒子昨天問起你，說為什麼他還會有你這個爸爸？他開始對你好奇了。」

傅華說：「我也很想去看他，可是目前你和John的事不搞定，我去了會很尷尬的。」

趙婷瞪了傅華一眼，說：「小昭可是你兒子耶，你怕什麼尷尬啊？」

傅華說：「我不想讓John誤會是我鼓動你回北京定居的，知道嗎？」

趙婷氣呼呼地說：「反正你就是不歡迎我們娘倆回來就對了。」說完，也不等傅華有什麼反應，站起身來就揚長而去。

傅華看著她的背影，暗自苦笑，這幾年，許多事都發生變化，唯獨趙婷還是這個脾氣，我行我素，任性妄為，不知道她什麼時候能變得成熟點。

趙婷走遠後，傅華打電話給趙凱，說趙婷來自己辦公室的情形，然後說：「爸爸，我想我也勸不了小婷了。」

趙凱苦笑了一下，說：「那就算了，我知道她也不一定會聽你的。」

傅華說：「爸，我看還是順其自然吧，小婷就是留在這兒，她跟John也不一定會分開的。」

「那我就得考慮要如何安排John了，傅華，你說我讓John到通匯集團來工作如何？」趙凱問傅華的意見。

傅華說：「也好啊，男人總是要有點事做，John是您的女婿，您讓他進集團工作也挺好。」

「那就先這個樣子吧。」趙凱就掛了電話。

傅華知道趙婷回來定居這件事是成定局的了，也就不再去想它，繼續去辦公了。

第一輯完

請續看《官商鬥法》第二輯 一 權力障眼法

官商鬥法 二十 鋌而走險

作者：姜遠方
發行人：陳曉林
出版所：風雲時代出版股份有限公司
地址：105台北市民生東路五段178號7樓之3
風雲書網：http://www.eastbooks.com.tw
官方部落格：http://eastbooks.pixnet.net/blog
Facebook：http://www.facebook.com/h7560949
信箱：h7560949@ms15.hinet.net
郵撥帳號：12043291
服務專線：(02)27560949
傳真專線：(02)27653799
執行主編：朱墨菲
美術編輯：風雲時代編輯小組

法律顧問：永然法律事務所 李永然律師
北辰著作權事務所 蕭雄淋律師

版權授權：蔡雷平
初版日期：2016年2月
初版二刷：2016年2月20日
ISBN：978-986-352-240-9

總 經 銷：成信文化事業股份有限公司
地　　址：新北市新店區中正路四維巷二弄2號4樓
電　　話：(02)2219-2080

行政院新聞局局版台業字第3595號 營利事業統一編號22759935

定價：280元　特惠價：199元

國家圖書館出版品預行編目資料

官商鬥法／姜遠方 著. -- 初版. -- 臺北市：
風雲時代，2015.01 -- 冊；公分

ISBN 978-986-352-240-9（第20冊；平裝）

857.7　　104011822